별처럼 사랑을
배치하고 싶다

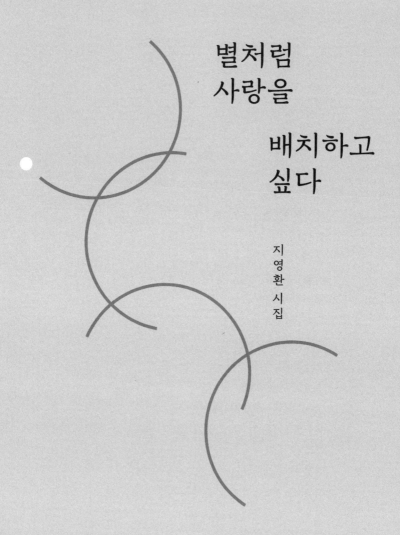

별처럼
사랑을

배치하고
싶다

지영환 시집

민음사

차례

1부 실을 토하는

2부 황금의 비

3부 별을 보고 길을 찾는 쇠똥구리

4부 고흥, 지붕 없는 미술관

5부 소록도의 두 수녀

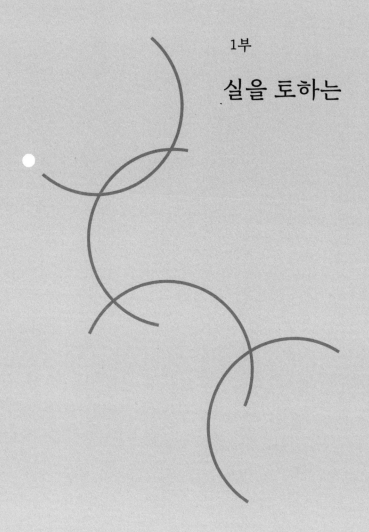

1부

실을 토하는

물소리의 기억

쇼걸들은
내 얼굴에 물을 조금 적시고
비누로 거품을 일으키고
거품으로 얼굴을 지운다.
얼얼하게 빡빡 문질러 준다.
얼굴을 지우며 물을 끼얹는다.
나는 둥글게 둥글고 둥글어진다.
둥글게 지우는데 얼굴이 생긴다.
둥글게 둥글게 생긴 얼굴에는 내 가족들이 있다.
둥근 거울 속에서 그 얼굴을 본다.
깨끗해지는 것은 둥글어진다는 것일까.
둥글게 둥글게 내 가족들의 얼굴 속에
내 얼굴이 있다. 쇼걸은 다시 미온수를 뿌린다.
내 얼굴을 물로 닦아 열고 그러다가
내 고향의 문을 열어 준다.
그 문을 열면 잔주름처럼 가물가물했던 얼굴들을
만날 수 있을 것 같다.

기억나지 않는 시간들을 닦고 닦으니
물소리가 난다.
이제 거울 속에 들어온
나의 모든 과거들,
기억은 물소리가 난다. 나는 물을 머금은 듯한
쇼걸의 미소를 받아들인다.
얼굴은 맑고 맑아서 무언가를 벗겨 낸 것 같다.

그 후로 나는 고향 생각이 나지 않을 때는 세수를 하고
거울 앞에 앉아서 물소리를 들어 본다.
물이 얼굴을 담을 때까지
내 얼굴이 물을 닮을 때까지.

실을 토하는

구름이 보이는 창가의 침실
누에 한 마리가 누워 있다.
누군가 나를 부른다.
도로가 있고 도로가 있고 도로는 긴
불빛들을 뽑아내고
무언가를 가지고 싶다는 건 아마도
말할 수 있는 것이 아닐 것이다.
구름이 보인다.
도시가 아래에 있다는 걸 나는 늘 아무렇지 않게 본다.
누워서도 보인다. 얼마나 누워 있었는지 모르겠지만
나는 누워서
경계가 없는 몸이다.
경계가 없는 것은 집요하다.
거대한 마천루가 차근차근 철근을 뽑아내며
길어진다. 길어지는 것은
한 가지만을 먹는다.
나도 한 가지만 먹는지도 모른다.

어느덧 잠드는 밤의 침실 구름 아래

나에게 돌아올 수 없는 몸을 기르는 것은

누구도 아닌 나뿐이다.

도시는 그런 나를 기른다.

나는 나를 누에라고 부르기로 한다.

토해 낼 것이 말뿐인데

실타래 같은 말은 아무것도 붙잡지 못한다.

나는 침묵한다. 누에인 나는 침묵하며

가늘고 긴 실로 제 몸을 길러 낸다.

누가 풀어내 주지 않으면 그것은 고치가 될 것이다.

고치인 채로 치워질 것이다.

도시는 더 거대한 건물을 지으려고

한 건물을 무너뜨리고 천천히 치운다.

별 따라 헤엄치는 젓뱅어

한강 속에 사는 젓뱅어는
몸속에 작은 등을
켜 둔 것 같다.

등은 맑다.
투명하면 물결이 스민다.
햇빛이 반짝인다.
등으로 받아 내는 하루가 저물 무렵까지
맑아지기만 한다.

햇볕과 바람이 잠드는 시간
집이 집의 모습으로 돌아가는 시간
잘 자, 젓뱅어는 몸속의 작은 등을
끈다.

빛을 품은 돌들의 시대

바람이 인다. 원시림으로 바람이 흐른다.

구름이 비를 몰고 와 숲을 흔드는데

나무보다 먼저 바위가 운다.

번개가 친다. 육중한 멧돼지가 돌 위에 떨어진

나무 열매를 핥다가 달아나는데

비를 가르고 바람이 드러낸 날카로운 이빨 사이

바위에 떨어진 번개가 원시의 전류를 깨운다.

바위에서 천둥이 울리어 산을 흔든다.

바위가 제 몸을 허문다.

짐승들은 뇌성처럼 소리 지르고 달린다.

번개에 눈이 먼 짐승들이

숲을 빠져나오며 돌이 된다.

짐승의 돌들은 돌이 되며 깨진다.

조각난 돌이 굴러가고 돌과 돌이 부딪치며

팽팽히 힘을 겨루면 거기에도 번개가 번쩍인다.

돌들의 기억이 번쩍이는 날이다.

바위는 돌이 되고 돌은 조약돌이 되고

둥글어지고 둥글어지는 돌들의 원시
한때 그렇게 하나의 거대한 바위가 산 아래로 내려왔다.
작아지는 것들 사이에 흙이 쌓이고
잎사귀들이 떨어지고 다시 흙이 되었다.
풀이 자라고 다시 나무가 자랐다.
폭풍이 떠난 자리로 다시 숲이 오고
짐승들이 돌아왔다.

오랜 세월이 흐르자 비에 젖지 않고
바람에 깎이지 않는 돌들이 있다.
돌들의 비밀을 감춘 시대가 있다.

별들의 공전과 회전

1

이것은 분명 기차다. 접시로 이루어진 순환선 기차. 배차 시간은 2분 37초. 다만 어디에도 정차할 역은 없다. 레일 주위에 외로운 행성처럼 앉아서 접시를 보면 접시는 궤도가 비지 않도록 회전한다. 누군가 접시를 집기 시작하면 접시는 하나씩 궤도에서 이탈한다.

2

궤도에는 태양이 없다. 궤도의 중심은 접시처럼 비어 있다. 비어서 어두운 행성의 이름은 미리 정해져 있다. 접시의 이름은 접시가 정하지 못한다. 접시에 놓인 것이 이름이다. 그것은 둘이 놓여 하나의 이름이 된다. 단 여기서는 초밥의 이름이다. 나는 그 이름의 초밥을 입으로 불러 본다. 별자리를 부르는 리듬으로.

무순 여덟 개에 먹음직스러운 가을농어초밥.

도미초밥, 염통성게초밥.

흰 두건을 쓴 요리사의 손놀림이 점점 빨라질 때 이름을 부르는 리듬에 맞춰 침이 흐른다. 침을 흘리는 나는 비어 있다. 나도 모르게 손을 뻗는다.

3
어둠은 모든 궤도를 숨긴 채 목을 움직인다.
허기가 레일을 따라 회전하는 시간
모든 행성들이 회전을 따라잡느라 앉아 있다.
회전이 타오른다.
역이 없는 회전이 타오른다.

고인돌이 있는 골목

골목의 모퉁이에 있는 그 집
그 집 앞에 어느 날부터 불룩한 자루 하나 놓여 있다.
단단한 돌 같기도 하고
물컹한 흙 같기도 하고
누구를 기리기 위해 놓은 것도 아닐 텐데
나는 괜히 그 자루를 고인돌이라고 했다.

날이 갈수록 온갖 것들이 고이고 쌓인다.
막 골목에서 나온 소녀가 코를 막고
모퉁이를 돌아 달려간다.
밤새 행방이 묘연했던 고양이가
고인돌을 살피더니 순식간에 지붕 위에서 거닌다.
사흘 전에 이사 온 새댁이 모퉁이에서 멈칫한다.
나는 새댁이 고인돌을 데리고 왔다고 생각하면서
탱자나무의 가시를 잘라 내어 고인돌을 찔러 본다.

고인돌은 똑, 이라는 짧은 비명만을 지른다.

단단하지 않는 표면을 가진 고인돌.
돌이라고 하면 섭섭해할 고인돌.

더 커다랗고 까만 봉투에 담겨
골목에서 종종 사라지기도 하는데
골목의 모퉁이를 돌고 오면

다시 누군가 고인돌을 몰래 놓고 간다.
누군가 이 시대가 버리고 있는 것을 기리기 위해
두고 가는 조금은 물컹한 고인돌.

저녁의 포옹

누가 알까.
저녁은 별들이 안아 준다.
그렇게 저녁은
아무도 모르게 안아 주는 것들의 온기로 따듯하다.

무르익은 입술을 가진 여인을 안아 주는 나무들
싸늘해진 노을을 안아 주는 단풍들
가지와 가지를 안고 핀 꽃들
꽃이 피는 동안 바람을 안아 주는 새들
흐느끼면서 살랑거리는 바람들
흘러가는 법만 익힌 냇물을 안아 주는 조약돌들
거슬러 가야 올라가야 하는 연어를 안아 주는 물들
산다는 것은 포옹이다.

퇴근하고 지친 나와 따뜻한 너의 포옹.

별들이 자란다

지난해 겨울
고흥에서 올라온 늙은 호박
어머니 보약재로 봐 두었는데
한 해를 넘기고 말았다.
내 마음처럼 썩은 늙은 호박
봄 화단에 몰래 묻었다.
언제부터인지 화단에서 싹이 트더니
떡잎이 부풀어 올라와
청계산에서 얻어 온 닭똥을 뿌렸다.
세상 사는 일에 허덕이며
화단에 눈길 한번 주지 않았는데
가뭄 장마 견디며 호박이 자라고 있었다.
아득해지는 향기처럼 향나무 타고
세상에 난출하던 호박 덩굴손이 붙잡은 것은
결국 호박이었다. 아마도
자란다는 것은 그런 것인가 보다.
호박 한 덩이는 외숙모에게 보냈고

어머니 생각이 썩지 않도록
한 덩이는 눈에 잘 띄는
장독에 올려놓았다.
내 눈에서 별들이 자란다.

남한강 물총새

물총새 시야는 이백칠십 도
수평을 본다.
일 초에 여덟 번 숨을 참고 수직으로 내리꽂는다.
도깨비나무 정자나무 뿌리에서 샛강으로 흘러온 물
사자 몸짓의 물총새는 물의 머리를 찾아가
100분의 1초 만에 물고기를 낚는다.
남한강을 건너는 동안 원시 호랑이를 본다.
눈이 반쯤 튀어나온 물고기들은 물총새를 살피느라
몇 번이나 지느러미를 움직였을까.
나는 잠잠한 물속이 보이지 않고
물고기들의 동태를 살필 수조차 없는데
물총새는 공중에서 과녁을 선명히 보고
물 밖과 물속 굴곡 각도를 알고
명사수처럼 부리로 물고기를 조준한다.
물총새는 바뀌지 않았는데
나는 한강을 건너는 동안 두리번거린다.
나는 아무것도 찾지 못한다.

둥지에 들어간 물총새는 일 초도 오발(誤發)되지 않도록
신중히 깃털을 다듬는다.

별들은 바람새 등에 타고

바람의 숲을 본 적 있다.
바람의 날개를 본 적 있다.
깃털을 가다듬으며 우는 바람은
고대에 잊힌 새의 울음
숲 전체가 휘청거리는 날갯짓 안에서
내가 걸어온 길이 가까스로 바닥에 붙어 있다.
바람의 깃털이 떨어진다. 나뭇잎들이 따라 떨어진다.
내 뺨을 후려치는 바람의 깃에 뺨이 달아오른다.
저 깃털을 잡아 붙들면 구금(九禁)에 이르고
바닷가에 내려앉을 것만 같다.

바람은 매번 날개를 펼치면서 중심을 잃지 않는다.

한밤을 질주하는 오토바이는 속도 위에서 균형을 잡는다.
폭주족 괴음이 빠르게 내 잠 속으로 들려올 때
나는 바람의 깃털을 잡아당겨 온몸을 덮는다.
눈 감고 나는 바람에게 내력을 듣는다.

오토바이가 방향을 잃고 달려가면서
신호를 주고받고 바람을 타듯 바람은
바람들과 충돌하지 않도록 신호를 주고받는단다.
단 한 번도 멈추지 않고 바람 위에서 바람이 날갯짓을 한
단다.

나는 밭고랑이 닿지 않는 숲에서
새처럼 중심을 잃지 않으려고 잠깐 휘청거렸다.

다듬는다는 것

채소 가게에서 파를 살 때면 나는 늘 긴장한다.
주인아주머니는 싱싱한 파 한 단의 줄기를
두 손으로 잡아채 두 동강 내어 비닐봉지에 담는다.
그럴 때면 왜 그런지 내 허리가 굽어진 듯하다.

고향에 계신 어머니는 그 흔한 파를 손님이 오실 때만 곱
게 뽑는다. 아기 머리를 깎을 때처럼
솔 머리털을 가위질한다. 파는 다듬어진다.
어머니는 언제나 다듬는 것에 대해 생각하게 한다.

가락시장에 가서 갈치를 살 때
생선 가게 아주머니는 목포 먹갈치 날개를 칼끝으로 오
려 낸다.
인정사정없이 갈치의 은비늘을 벗긴다.
그걸 볼 때면 어머니가 손질하신 갈치가 그리워진다.

고흥에서 갈치가 올라오면 내 얼굴 은빛난다.

새벽 4시 18분 전화할 곳은 어머니가 있는 고흥뿐이다.

어머니가 다듬으신 것 중에는 아마 나도 포함될 것이다.

민달팽이의 고인돌집

민달팽이는 달빛이 내리면 달빛 위로 긴다.
뿔이 커진다. 빛을 만져야만 볼 수 있다니
만지면 빛이 미끄러진다는 걸 너는 언제부터 안 것일까.

조용히 잎을 적셔 입으로 잎사귀를 갉아 먹는 소리는
달이 밤을 갉는 소리.
밤이 밤을 삼키는 소리.
네가 너의 세계로 밤을 먹어 치우는 소리.
삼키며 나아가는 발소리.
너는 그 발소리로 너의 집을 퇴화시켰다지.

집을 퇴화시킨 힘으로 너는 시간을 미끄러져 왔다고
너는 네 몸에 무늬를 남겼다지.

별에게서 날아온 빛이 고인돌에 착상한다.
그 파동의 파장이 나무, 꽃, 곤충의 촉수에 퍼진다.
제 몸의 무늬로 달팽이는 달빛 위를 긴다.

이파리가 사라져도 남은 잎맥에 달빛이 붙잡혀 있는 밤.

살아서 집인 민달팽이의 세계를 몰래 만지는 밤.

미끄러지는 것에 이슬이 맺히는 것에는 이유가 있다.

빛이 뿔에 맺히는 것에는 이유가 있다.

우주의 빛이 숨은 광교산 자락에서

1

줄을 놓는다. 그어 놓은 줄로 나뉜 주말농장. 주말은 기르지 못하고 나는 밭을 비워 두었다. 비워 두면 말뚝만 남는 것일까. 잎사귀가 무성해진 밭 사이 돌들이 말뚝을 박고 있는 밭이 내 밭이다. 돌들을 놓아준다. 놓아주기 위해 허리를 굽힌다. 아무것도 기르지 못한 자도 오늘 하루는 허리를 굽힌다. 장대비가 텃밭을 쓸고 간 탓이라고 지나던 노인이 일러주었다. 시간이 풀어 준 것들은 내가 알지 못하는 것들인가 보다.

2

샛강을 건너는데 고사리가 자라 내 키만 했다. 나를 빼고 모든 것이 자라는 것 같다. 나는 정말 다 자랐을까. 주저앉아 흙을 만지작거린다. 자라지 않아도 길러 낼 수 있는 힘을 흙이 가졌다는 것이 믿기지 않는다. 거름을 지고 와서 흙에게 준다. 자라지 않아도 무언가를 줄 수 있다는 게, 그냥 좋다. 그냥 주말이다. 나는 여기서 흙을 만지고 거름을 만지고

흙은 내가 묻었는데 일을 마치고 나를 보니 마치 나를 여기
서 캐낸 것 같았다. 여기가 내 밭이다.

    3

밭에서 나의 시간이 밭을 닮아 가면 나는 주말이라고 부
른다. 쉬는 날은 끝이 아니다.

고흥의 선모초

찬 서리가 내리기 시작하는
하늘.
9월 9일에 아홉 마디의 사연으로
한 송이 꽃이 피어난다.
민초들의 당당한 모습으로
한을 삼킨 여인의 모습으로
모진 바람에 유연한 허리를 굽히고
고개를 떨구며 그렇게 몸을 숙이고
땅으로 내려온다.

쪽빛 하늘.
선들바람은 해 넘어가는
똥매산에서 넘실넘실 불고
꺾이지 않는 가지 끝에
하얀 선모초가 매달려
역사를 만들고 있다.

나는 오늘
눈물만 흘리다 말라 있을
선모초 사연을 들으러
간다.

광개토의 하늘

능정 밤 마당에서 올려다본 별들. 말발굽 자국 같다.
어디서부터 달려왔는지
어디로 달려갔는지 모르는 발자국이 빛난다.
그때 나는 광개토대왕 별이라는 별을 찾아 헤맸다.
그의 지혜를 기억하기 위해 이름을 지었다고 하던가
나는 그 별의 세계로 들어가서
저 넓은 대륙을 달려 나간 사람.
동북아시아의 격동을 헤치고 연나라 요동, 요서,
동부여, 북부여, 연해주, 북경, 몽골, 송화강,
흑룡강, 시베리아까지 말을 몰았던 시대의 사람들을 생각
해 본다.
나는 우리의 한민족 한 가슴속에 달고 있는
저 하늘을 하염없이 바라본다.
12세에 태자로 책봉되어
18세에 고구려 제19대 왕위에 올랐던 별.
미개한 곳을 개척하여 문명화시키려고
신라에 침입한 왜구를 무찔렀고

요동을 확보하여 만주 지방의 주인공으로 올랐던 별.

391년, 처음으로 연호를 정하여

중국과 대등함을 보였던 별.

저 환한 영상을 되새기는 하늘에는

총총하게 빛나는 별들로 가득 차 있다.

그 광활한 북쪽 하늘을 바라보면

아직도 말발굽 소리가 들려오는 듯하다.

파동이 잠든 타임캡슐

　시간이 파이는 쪽으로 장대비가 내렸다. 비는 웅덩이를 파고 웅덩이를 보면 무언가를 묻고 싶은 사람들은 자신들의 발자국을 남기고 묻는다. 오래 지나친 흔적일수록 궁금한 것이니 시간아 더 파여라. 또렷한 것을 꺼내고 싶은 욕망은 투명한 용기를 좋아하는데 무엇을 담을까 고민하는 쪽으로 기우는 시간은 모래시계 속에서 시간을 또렷이 담는다. 신기하고 신기한 웅덩이. 그러면 이제 무엇을 덮을까. 날이 무디어진 구석기 시대의 돌도끼를 꺼내 본 아이에게 물으면 대답해 줄까. 발굴할 수 있는 것을 미리 준비하는 아이야. 너는 또 무언가를 꺼내기 전에 아이를 낳겠구나. 아직 비가 내리고 누가 묻힌 땅인지 모르는 쪽에도 웅덩이가 있고 비가 고인다.

　이런, 박물관에는 비가 들이치지 않는구나. 유물들의 세계는 고요하다. 여기서 시간은 흔적으로만 남아 있다. 누가 닦아서 깨끗해진 시간은 투명하게 전시물들 곁에 놓여 있다. 아무것도 낳지 않는 것은 아무것도 아닐 텐데. 아무것에도 파이지 않는 시간은 점점 말라서 사라질 텐데. 나는 조금 무섭기도 해서 연도를 소리 내어 읽어 본다.

연대란 시대가 아니다. 연대를 겨우 추정한 돌도끼를 전시한 박물관 옆. 연못에 연꽃이 피어 있고 헤엄치는 오리들이 물살을 인다. 박물관 밖에도 다른 시간들이 나란히 있다. 천년 전 한시를 읊던 사람들처럼 황새가 어질고 순하게 서서 나를 돌아본다. 그러고 보니 내가 잊고 지낸 게 있다.

별을 찾는 희미한 대게

혜화동 포장마차 수족관에 붉은 영덕 대게들이 있다.
밖으로 나가려는 게들은 여기에는 바다가 없다는 걸 모른다.
포장마차의 조명 아래서 길은 잃은 지 오래인데도
게들은 탈출을 포기하지 않는다.
게들에게 바다는 바깥이었을까.
모를 일이다. 전쟁터처럼 황폐한 술상을 살피는
게눈들은 어디를 향하는 것일까.
모래뻘에서 올려다보던 별자리를 찾는 걸까.
바깥은 보이는 모든 것일지도 모른다.
대게는 두리번거리며 집게발을 들고 있다.
아직 위장 중이다. 숨죽여 기다리는 중이다.
갈 곳이 없다는 것은 아무 문제가 아니라는 듯
아직 살아서 살 곳을 찾는다. 그러나 끝내
대게는 경계를 넘지 못한다. 주문이 들어오자
주인은 주저 없이 대게들을 수족관에서 꺼낸다.
발 딛지 못한 바깥을 향해 대게는 다리를 움직인다.
알맞게 익은 대게가 커다란 접시에 담겨

플라스틱 상에 올려진다.

혜화동 포장마차에는 대게 냄새가 식욕을 당기고 있다.

살이 다 익은 대게의 냄새만이

밖으로 뻗어 나가 보지만 거리를 떠나지는 못하고

희미해진다. 희미한 대게의 단단한 껍질은

포장마차 뒤에 버려지고 있다.

별처럼 투명해진다

벗나무 아래
꽃잎 속에서 햇빛은 투명해진다.
그 아래로 사람들이 걸어간다.
잠시 우리도 투명해지는 시간이다.
봄을 따라나서는 시간이다.
한 번도 우리를 스쳐 지나가지 않은
풋사랑을 기억하라는 듯
꽃잎은 지면서
떨어지면서 말을 하는 것만 같다.
다는 말하지 못하고 있는데
넉잠누에처럼 꽃잎 갉아 먹는
소나기가 내린다.
사람들은 서둘러 벚꽃나무 길에서 흩어져
어딘가로 간다.
비의 시간 속에서
봄을 데려가는 것은 투명해진다.

허약한 슬픔을 만드는 사람들

옛날 사람들도 그랬고
후손들도 온갖 약을 발명한다.
가끔 누구도 구하지 못하는 약을 만들기도 한다.

한순간에 영혼을 팔게 하는
양귀비, 모르핀, 헤로인, 코카인, 히로뽕, LSD, 엑스터시.

그 약을 찾는 이들이 있다.
환상을 구입하려는 사람들이 늘 있다.

9시 뉴스에서 그는 필로폰을 한 뒤
택시를 몰면 시한폭탄이라고 말한다.
그는 음성을 변조하고 얼굴을 모자이크 처리하고
마약하면 심장이 깜짝깜짝 놀라고
머리가 짝짝 부서진다고 호들갑을 떤다.

환상은 허약하다. 환상이 영혼보다 허약하는 것을 모르

는 이들은

약이 주는 환상의 미로에서 길을 잃고 싶어 한다.
영혼의 미로에서 약의 후손들은 여전히 헤맨다.

사람은 나약함을 위해서는 돈을 아끼지 않는다는 것이
슬프게 다가오는 날이 있다.

까마귀의 노래 별에게 들린다

노래에는 이미 정해진 의미가 있다고 믿는 이들이 있다.

봄밤에 뜨는 까마귀자리의 별들
낮은 산으로 날아드는 까마귀가 있다.
사람들은 저승에서 왔다고도 하고
까마귀를 흉조라고 한다.
까마귀의 노래를 불길하다 한다.
까마귀가 가까이 오면 돌팔매질로 쫓아 버린다.

까마귀는 봄밤을 펼쳐 놓으며 털을 세우고 발톱을 세우고
어둠을 움켜쥔다.
사람들의 이승과 저승의 경계를 날아다닌다.
날아다니며 노래한다.

경계를 넘는 노래는 불길하다고 할 만한 것이 있다.
가만히 있는 것들을 변하게 하는 힘은 그렇게 느껴지기도 한다.

사람들은 꿈을 꾸며 밤의 경계를 넘는다.

다만 모든 꿈들은 아무것도 정하지 않고 이야기를 끝내고는 한다.

고고학적 메모

중생대 하늘을 날아다녔던 익룡, 꼬리를 들고 쿵쿵, 뒤뚱
뒤뚱 걸어 다녔던 공룡, 발자국만을 남기기도 했다. 뼈를 남
기지 못한 것들의 이름을 우리가 알고 있다.
그것들의 시대를 우리가 이름하고 있다.

트라이아스기, 쥐라기, 백악기.
나는 그것을 발자국의 시대라고 불러 보기도 하는 것이다.

조수(潮水)에 씻기고, 파도에 씻기고, 바람에 깎였을 발자국.
이제는 웅덩이에 불과할 일정한 간격.
나는 어느 바닷가에서 찍었다는 발자국의 웅덩이 사진을
스마트폰으로 보며 저녁을 먹는다.
아이들은 공룡이라면 무조건 좋아하는데
고고학이란 그런 것일지 모른다고
혼자 생각한다.

그렇게 나는 고고학자처럼 발자국 크기와 숫자를 세 보

다가 10톤가량의 육신을 지탱한 웅덩이를 생각하다가 활처럼 휜 등과 긴 혀를 날름거렸을 공룡들을 생각하다가 밤하늘을 향해 절벽처럼 서 있는 빌딩들의 불 켜진 창문들을 올려다본다. 지금을 살고 있는 것들의 이름이 기억나지 않는다.

나는 다만 공룡과 함께 있다고 생각에 잠긴다. 나는 발자국의 웅덩이에 좀 더 몰입하고 싶다.

이곳의 시대를 부를 이름은 아직 발생하지 않았다고 나는 메모를 남겨 본다.

이 메모만이 발자국을 남기고 시간이 흘러 웅덩이가 될 것 같다.

은행을 차분히 턴다

멀리서 보면
빙하도 꺾지 못한 목신(木神)의 태곳적 오리발.

가까이 보면
은밀하게 젖가슴 숨겨 놓고 오리발을 저으며 허공을 헤엄
친다.

아무리 저어도 제자리다.
제자리는 가쁜 숨을 뱉어 낸다.

수억만 년 말랑말랑한 황금 젖가슴 속에
손톱만 한 황금알을 감춘 나무.
능선이 온통 황금으로 물든 저녁.
장대를 든 나는
푸른 오리발을 젓는 목신이 편히 쉴 수 있도록
후드득후드득 은행을 턴다.

비의 질문

이 대지를 넉넉하게 뿌려 주는가.
어머니처럼 포근하게
쌀밥이 보이는 듯 안 보이는 듯
며느리들을 살찌우려는

그대는 겸손한가
마음을 다 채울 수 있는가.

돌 틈에서 말없이 흐르는 물줄기.
사랑하면 떠나야 하는 그대.
먼저 대지의 속으로
몸을 낮추는가.

그대는 영원한가.
열병이 그대를 마르게 하고
길이 칠십 센티 가물치가 말라죽을 때처럼

대지의 살결이 갈라지는데
그대는 지금, 어디쯤 왔는가.

국가 발전 고민하는* 장수하늘소

죽을 때까지 무거운 왕관을 썼던 황제처럼
태어나 창과 방패를 내려놓은 적 없는

처음부터 행복의 기억을 기념하기 위해 너는 숲속을 날
았다.

* 이승종, 「공공행복과 정부혁신」, 서울대 행정대학원 국가정책과정 제84기 강
의 노트, 2017. 5. 12. 국가 발전 목표의 변화의 추세는 질적 발전(복지, 행복, 삶의
질), 사회복지→사회 웰빙(행복); 지방정부의 서비스를 통한 커뮤니티 웰빙. 이승
종 서울대 행정대학원장은 「지방정부의 가치 지향으로서 커뮤니티 웰빙에 대한
연구」라는 2012년 한국행정학회 논문에서 지방정부의 목적이자 가치 지향인 "주
민 복리"가 무엇인지를 밝히며 지역공동체에서 생활하는 개인의 영역을 포괄하
면서 지방정부라는 지역공동체의 수준까지 확장된 사회경제적, 문화환경적 조건
영역, 시민의 참여 또는 임파워먼트 영역, 지방정부 또는 공동체의 활동 영역을
발견, "커뮤니티 웰빙" 개념의 활용을 제안했다.

흙을 살리는 동물

지렁이.

미끼 상품이란 말을 들었을 때 너를 생각했다.

오물들, 음식 찌꺼기 속에서 너는 긴다.

온몸이 입인 너는 상한 땅을 먹는다.

너는 살기 위해 다른 생명을 키우는 땅을 살린다.

다만 우리는 그것보다 네가 미끼일 때

더 기쁘게 너를 바라본다.

너는 움직일 뿐 울지도 않고

아무 소리도 내지 않는다.

너의 고통에 아무도 관심이 없을 때

너는 다만 미끼가 된다.

대형 마트에 들어가 쇼핑을 한다.

미끼 상품으로 유명한 닭튀김도 카트에 담는다.

나에게 주어지는 미끼는

아무것도 생각하게 하지 않는다.

아무것도 살리지 못한다.

지렁이는 다르다.

지렁이는 스스로 미끼를 물지 않는다.

너는 지금도 어딘가에서 조용히

흙을 살려 내고 있을 것만 같다.

꿈속에서 애덤 스미스 꿈을

낡은 컨테이너 복권 판매소 앞

라면 박스로 만든 휴지통에 버려진 복권들

빗나간 번호의 목록은 쉽게 버려지는 것이다.

'보이지 않는 손'*이 두꺼운 안경을 만지며

숫자를 쓰느라 지하철을 놓친 듯하다.

보이는 손이 투덜댄다.

간밤에 꾼 꿈의 경우의 수

평생 한 번만이라도 맞았다면

행복을 맛볼 수 있었을까.

* 애덤 스미스(Adam Smith, 1723~1790). 정치경제학자이자 윤리철학자. 영국 에
든버러에 있는 그의 무덤 비문에는 "『도덕감정론』과 『국부론』의 저자인 애덤 스
미스가 여기에 잠들다."라고 새겨져 있다. 애덤 스미스의 『국부론 ─ 국가의 부
(富) 의 본질과 원천에 대한 탐구』(1776년 초판본)에서 그는 "시장을 내버려 두
라(Let the market alone)", 경쟁이라는 무기를 사용하는 "보이지 않는 손(invisible
hand)"이 상품의 가격과 양을 조절하게 된다고 주장했다. 아마르티아 센(Amartya
Sen) 하버드 대학교 교수(1998년 노벨경제학상)는 "시장은 '보이지 않는 손'에 의
해 스스로 조정된다."라는 주장은 애덤 스미스의 대표적 오류라며, 스미스 사상
이 자유방임주의나 시장만능주의로 왜곡되는 현실을 개탄했다.

그들의 주름은 아무것도 알려 주지 않는다.

정의의 손 따뜻한 손 하늘을 난다.
가상 화폐* 선(善)하고 악(惡)하게 채굴된다.

---

* 컴퓨터 등에 정보 형태로 남아 실물 없이 사이버상으로만 거래되는 전자화폐
의 일종. 전자화폐는 집적회로(IC) 칩이 내장된 플라스틱 카드 형과 컴퓨터 등에
정보 형태로 남아 있는 네트워크 형으로 나뉘는데, 가상 화폐는 네트워크 형 전
자화폐를 가리킨다. 처음 고안한 사람이 정한 규칙에 따라 가치가 매겨지고, 실제
화폐와 교환될 수 있다. 종류로는 비트코인, 이더리움, 리플, 라이트코인, 데시코
인, 이더리움클래식, 넴코인, 모네로, 아우거코인, 골렘코인, 제크캐시, 메이드세이
프코인, PIVX, 도기코인, 스트라티스, 디크리드, 팩텀, 스팀코인, 싱귤라, 리스크
코인 등이 있다.

입의 운동

입속으로 바람이 들락날락거린다.

입 모양은 히— 히— 후—

셀 수 있는 만큼 속으로 숫자를 읽는다.

산모의 몸속 태아가 숫자를 듣고는

세상을 향한 발길질을 하는데

산모는 숫자만 읽는다.

입은 숫자만큼 바람을 마셨다가 몰아 내쉰다.

태아가 머리를 내밀면서

바다처럼 출렁거리던 자궁에서 나온다.

배꼽으로 바람을 마시던 태아는

엄마와 연결되었던 탯줄이 끊기면

숫자를 세듯 입속에 바람을 넣었다 뱉는다.

갓난아기 엉덩이를 찰싹 내리치자

천둥 치듯 나오는 울음

아무도 가르쳐 준 적 없는

입의 운동을 시작한다.

별의 얼굴

얼굴은 낯선 얼굴 낯익은 얼굴.

보고 싶거나 보기 싫은 얼굴.

이마에서 미간까지 코끝에서 턱까지

표정이 담기는 얼굴.

곱거나 미운 얼굴.

누구나 한 번쯤은 예쁘다는 소리를

잘생겼다는 소리를 듣고 싶어 하는 얼굴.

마음대로 표정을 만드는 얼굴.

매일 똑같은 얼굴.

슬픈 기쁜 얼굴.

걱정 가득한 얼굴.

얼굴이 얼굴로 만나야 하는 얼굴.

가끔 속이 보이는 얼굴.

얼굴이 얼굴을 알아봐야만 하는 얼굴.

중세 국어에선 모습이란 의미의 얼굴.

점점 의미가 작아지다가 얼굴이 된 얼굴.

얼굴로만 얼굴이 되지 않길 바라는 얼굴.

얼굴이 얼굴에게 말할 수 있는 얼굴.

바라보는 얼굴 바람이 되는 나와 너의 얼굴.

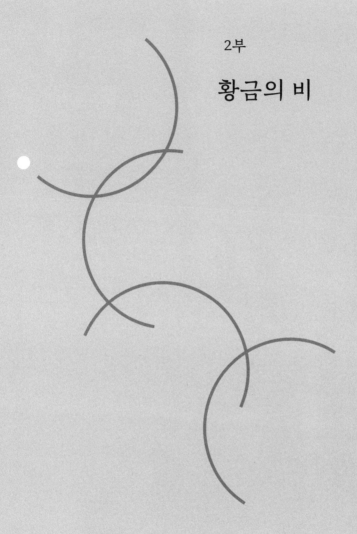

2부

황금의 비

황금의 비

황금의 비는 천경자 화백의 그림이다. 그녀의 그림을 보고 난 후 세상에 내리는 비가 내게도 황금비가 되었다. 비는 내리며 집 밖에 있고 나는 어느 날 비 내리는 거리에서 황금비를 맞고 있는 여인과 부딪친다. 그림 속에 있던 그녀가 거기 있었다. 나는 여기가 그림의 안인지 밖인지 잊는다. 그녀를 보고 비를 맞는 그녀의 목을 본다. 여자의 목이 길다. 비는 빗금이다. 빗금은 비를 맞으며 비를 쓴다. 나는 아무에게도 묻지 않고 그것을 면류관이라고 불러 본다. 그녀의 것이며 나의 것이다. 고대의 천자는 백옥주(白玉珠) 12류 면류관을 머리에 썼다는데 비는 면류관을 씌우며 벗기기도 한다. 그녀는 흘러내리는 눈빛으로 밖을 바라본다. 황금비에 젖는 그녀의 모든 밖. 빛나는 흰 나비 여섯. 빗줄기를 뚫고 나는 빛의 날개들이 그녀의 몸을 가린다. 가리며 젖는다. 그녀의 주변으로만 젖는다. 그녀의 밖이 다 젖으며 완성되어 가고 있다. 그녀와 나 사이 황금비가 내리고 있다. 그녀를 잠깐 갈망해 보았다. 그래도 되는지 묻지 않았지만 갈망해 보았다. 집 밖이었다. 아마도 그림 밖이라고 해도 틀린 말은 아니었을 텐데. 눈 깜빡하는 사이 그녀는 사라졌다. 어느 날 그렇게 내 앞에 내리던 비의 밖에서 빛나던 황금비를 보았다. 나를 적셔 주지는 않던 황금비였다. 딱 한 폭이었을, 그날의 비.

앙드레김 쇼윈도 미인들

1

오아시스 사막에서 고운 모래가 날릴 때의 옷자락.

2

신사동 언덕의 쇼윈도들.
아무 말 없는 창문들.
길은 창문들을 거느리고 언덕을 오르느라
먼지가 인다. 쇼윈도에는 미인들이 있다.
나는 멈추지 않을 수 없다. 한 걸음 다가간다.
미인은 자신들이 걸친 옷을 보이느라 표정이 없다.
나를 붙잡는 미의 사막. 나는 잘 멈춰진 포즈들에
눈을 빼앗기고 근육과 관절의 움직임을 빼앗긴다.
먼지가 인다. 눈을 깜빡이는 동안 나는 빼앗긴 것에 대해
내가 멈춘 발걸음에 대해 생각한다. 연인들이 지나가며
소곤소곤 무언가를 말하지만 들리지 않는다. 미인이란
무엇인가. 그들은 쇼윈도 안에서 가장 비싼 옷을 아무렇
지 않게

입고 있다. 그녀들은 그 옷을 사지 않는다. 사지 않아서
사람들을 부른다. 연인들이 미녀가 입은 웨딩드레스 앞에서
멈춘다. 멈추고 다가간다. 마치 안부를 묻듯이 손을 내미
는 연인들
그 사이에서 나도 미녀에게 다가가고 있다.
안부에 다가가고 있다. 아름다움의 안부를 묻고 있다.
미녀들은 아무것도 입지 않을 수가 없다고 말할 것만 같다.
그들은 옷을 입고 흰 방울을 달고 있다. 그들의 눈 안에서
길은 사라지고 없다. 미녀는 길이 사라진 쪽을 향해 줄곧
서 있다.

3

오아시스가 없는 오아시스의 창문들.
먼지가 부풀리지 못하는 옷자락들.
나는 붙잡힌 채로 아무것도 보지 못하는 눈을
창문이라고 불러 본다. 창이 먼지를 맞으며
우는 줄은 모른다.

뿔은 별에게 할 말이 있다

살에서 뿔이 솟아오른다. 솟아서 자란다.

뿔을 가진다. 뿔을 가진 것들을 본다.

흰코뿔소, 물소, 양, 산양, 영양, 사슴, 자바코뿔소,

딱정벌레, 장수풍뎅이. 뿔은 늘 두 갈래.

갈라져서 크고 어엿하다.

곧게 뻗은 뿔, 굽은 뿔, 별 닮은 뿔,

나이테 같은 각륜(角輪)이 생기기도 한다.

크게 키우면 우위를 차지할 수 있다.

새 봄 뿔은 갓난아기 천공.

벨벳으로 싸여 투명하게 비친다.

녹용이다.

가을 옷 뿔끝은 창끝,

모래사장 뿔은 뿔 꽃,

흰코뿔소 하이힐을 신은 여신은 춤추다가

엉덩방아를 찧었을 것이다.

뿔은 로켓이 날아가는 방향으로 무럭무럭 큰다.

지구가 로켓을 던져 주는 슬링샷으로

윤동주 "별을 노래하는 마음으로"

그 별에게 날아간다.

뿔난 기린은 목으로만 싸운다.

코뿔소의 뿔이 한 개 두 개 콧잔등에서 자란다.

뿔이 있는 것을 자랑스러워야 해야 할 테지만

뿔날 수밖에 없다. 살에서 올라온 뿔은 그렇게 죽음을 맞
이한다.

하트 모양은 좀처럼 깨지지 않는다

태풍의 눈에서 대류가 생기는 이유

대서양 인도양에서 일어난 기류가 태평양 목성까지 흘러
간다.

숨을 쉰다는 것을 기억하기 위해 나는 출구를 찾는다.

나가는 곳이 다 역이다. 사람들은 가볍게 환승하는 길을
따라

줄을 바꾼다. 갈아탈 것이 있다는 것이 우리의 안식이다.

그 안식을 확인하기 위해 줄을 따라 버스에 오르는 사람들.

남겨지고 기다리는 자들이 줄을 다시 만든다. 그 곁에서

계핏가루 뿌리며 토스트 굽는 아주머니 난타가 신비스럽다.

네모난 프라이팬에 네모난 비지 덩어리로

겹으로 된 눈꺼풀을 지우고 색조 화장을 한다.

그녀 숫구멍 커지는 달걀 한 개씩을 4개 컵에 나누어 넣고

그가 특별히 고안한 네모난 쇠틀 안에 풀어진 용암을 뿌
린다.

꿀렁꿀렁 흘러나오는 화산 포출물을 가두는 쇠.

열이 오르자 계란 틀을 꺼내도 하트 모양은 좀처럼 깨지

지 않는다.

익어 가는 것들은 모양을 가진다.

계란, 치즈, 햄, 야채, 식빵은 한쪽에서 층층 쌓여 몸을 데
우는데

혼자서 벌겋게 달궈질까 아주머니 표정은 긴장한 눈치다.

사람들은 헤엄치며 별을 따라 흘러간다.

별의 파동 전기뱀장어 옆구리에서 멈춘다

1

별의 파동이 날아다닐 때 시간의 흐름은 정지된다.

철칙을 지닌 파동은 바다를 헤엄치게 하고 자신도 해녀처럼 팔다리를 놀리며 떴다 잠겼다 자맥질한다.

별의 날개뼈 쇄골 라인 골과 골 숨막히게 봉긋하다.

그 사이의 거리를 파동에서의 파장이라고

고인돌을 터치한 흰빛이 전기뱀장어 옆구리에게 일러 준다.

2

피부는 연하고 비늘이 없다. 몸빛은 녹갈색이다.

길고 뾰족한 꼬리는 몸길이의 5분의 4를 차지한다.

아가미 뒤에 작은 지느러미가 있고

몸 아래쪽에 기다란 지느러미가 한 개 있다.

전기뱀장어는 전기로 물속에 있는 물체를 탐지하고

별의 빛을 탐지하고 다른 전기뱀장어들과 신호를 주고받는다.

전기는 그들의 언어이고 세계이다.

몸 양쪽에 있는 세 쌍의 발전 기관에서 전기를 발생시킨다.

그중 가장 큰 발전 기관 한 쌍은 길이가 거의 몸길이와 비슷하며

그 아래에 작은 발전 기관 두 쌍이 있다.

언어가 몸 전체라는 것은 놀라운 일이다.

파동을 일으키는 발전 기관은 근육 세포가 변해서 된 전극판이 몇 천 개나 모인 것이다.

전극판은 일반 근육 세포와 달리 수축할 수 없다.

각 전극판이 신경으로부터 자극을 받아 발생하는 전기,

모든 전극판에서 발생한 전기를 합하면 350~850볼트,

옆구리에 2개씩의 발전 기관 150볼트 건전지 전기적 신호로 전달된다.

북방식 남방식 고인돌, 사람을 놀라게 하고 작은 물고기를 죽이기에 충분하다.

때로는 스스로를 놀래키기도 한다.

그게 그들의 말이라고 생각해 보라. 말은 힘을 가진다.

때로 수면에 나와 공기를 마시는데

15분 이상 물 밖으로 나와 별을 보지 못하면 별나라에 안장(安葬)되도록 정신이 입력되어 있다.

그러니 호흡은 무엇보다 중요한 언어의 특질이다.

남아메리카의 아마존강, 오리노코강 진흙을 훑는다.

언어의 옆구리를 매만지는 것은 역시 축축한 바닥의 흙이라 한다.

축제의 밤
— 비욘세 놀스 공연 감상 노트

입동(立冬)의 밤
올림픽공원 체조경기장 불봉 뭉친다.
1만 5천 게 떼들의 혼불이 옆으로 줄을 선다.
영혼이 몸짓으로 다가온다.
엉덩이는 게딱지처럼 붙어 있다.
손끝에 달린 파란 불봉, 노란 불봉,
붉은 불봉을 흔들어 댄다.
입에서 머리에서 온도를 높여 놓는다.
비욘세가 옷을 벗어 관중석으로 던진다.
그녀 눈 깜짝할 사이에 옷을 갈아입고
시시각각 섹시하게 인어공주처럼 나타났다.
살아 있는 영혼이 게살처럼 녹는다.
전류가 지하로 스며든다.
그녀는 시퍼런 칼날, 그 위에서 옷을 갈아입는다.
「베이비 보이(Baby Boy)」를 부를 때는 가슴이 드러난다.
육감을 타고 지구 궤도를 한 바퀴 돌아온 여자.
음절은 떨리지 않는다.

「리슨(Listen)」, 「미, 마이셀프 앤드 아이(Me, Myself and I)」를
부를 때

속옷을 갈아입는다. 작은 별들이 반짝인다.

퉁퉁 불린 콩보다 비린 꽃비를 뿌려 준다.

이집트 화산이 폭발한다.

마지막 「이리플레이서블(Irreplaceable)」

모두 우주 정거장으로 간다.

무녀처럼 모두가 미쳤다.

사람들이 망원경을 코에 눈에 들이댄다.

비욘세의 긴 스커트가 찢어진다.

초미니가 되자 모두 자리에서 일어난다.

비욘세의 머리카락이 흔들린다.

치마도 날아가고 온몸으로 떨고 있다.

아무도 용광로에서 나오지 못한다.

그녀는 형형색색의 조명처럼 각도를 달리한다.

비욘세 놀스가 불씨를 뿜는다.

그녀는 여신이다.

목성의 그녀들

링링. 보라고. 저게 목성이야. 태양계의 다섯 번째 궤도를 돌고 있는 거대한

목성. 나무와는 하나도 닮지 않았지. 강력한 자기장을 품은 얇은 고리.

고리를 가진 채 산다는 것은 어떤 의미일까. 반지를 낀 사람들에게 물어보고 싶다.

지구의 열한 배라고 했던가. 태양에서 받는 열보다 더 많은 열을 방출하는 목성은

태양으로부터 약 5.2AU(7억 8000만km) 떨어져 11.862년 주기로 공전하고 있다나.

공전으로 공친 날들이 반지의 둘레라고 말해 보려다가 멈춘다. 멈추지 않는 행성들의 운동을 위하여.

자전하는 링. 링링. 분자 수소는 압축을 넘어 결합이 파괴되고 궤도 전자들이 원자 사이를 공유하며 링링.

토성의 고리보다 빨리 돈다는 것이 의미 있는 일이라고 말하는 걸 나는 듣고 있다. 그래 자전한다는 것이 둥글다면

둥근 게 뭐가 그리 대단하다는 거지, 싶어.

백, 청, 적, 황색의 띠를 따라 수많은 위성들이 휘감아 돌아 그리스 신화에서 많은 아내를 둔 제우스가 되었다는데, 링링. 왜 아내가 많다고 하면 다들 부러워할까.

이오, 에우로페, 가니메데, 칼리스토⋯⋯ 갈릴레이 위성에서 화산 활동이 관측되는 것은 아마 이 부러움 때문일 거야.

기체 중 가벼운 수소도 목성을 탈출하기가 쉽지 않다는데. 정말이야, 링링.
위성들이 목성을 자전시킨다는 말도 있어. 그럴 거야 아마.
모든 아내들이 자전을 지켜보고 있어.

청개구리의 방독면 쓰기

1

눌러쓴다. 옆으로
앞으로 뒤로. 다리
메어 구령 소리가 높은 곳은 여기만이 아니다.
머리끈 밑에 엄지손가락이 들어가 두 손으로 안면부를
잡고 턱부터 눌러쓴다. 여기서는
개굴, 머리끈이 팽팽한지 태초의 호흡을 잡아당긴다.
식은땀이 나지 않도록 숨소리를 가다듬고
공기가 들어올 수 없도록 왼손바닥으로 막고
청개구리 숨을 들이마신다. 개굴
휴대 주머니 단추를 아래에서 위로 결합하고
찬 공기가 들어오나 검사하는 시간,
 양손으로 아래 끈을 늦추어 오른손으로 음성 진동 배기
관을 잡고 벗는다.
 개굴, 살다 보면
 숨이 가쁘고 콧물이 날 때
 가슴과 목이 답답할 때

한 치 앞을 보지 못할 때가 있다.
질긴 머리끈이 달려 있는지
혹시나 방독면이 벗겨지지 않았는지
무의식적으로 만져 본다.

2

해군 시절의 한때
두꺼운 문을 부수고 온몸을 던지고 싶은 때가 있었다.

오늘은 자동차를 타고 긴 터널을 통과한다.

터널 끝이 보이기 시작하면
자동차의 검은 바퀴는 검은 음모처럼 번져 나간다.

공전하는 마라도

잔디는 남으로만 뻗어 있다.

주목은 싱싱하게 붉은 꽃을 피운다.
방풍림은 선인장의 가시로 자라 섬 둘레를
빙 둘러싸고 있다.

사해(四海)에서 도전해 온
거센 파도, 거센 바람에도
섬은 외로움을 모르는 듯 단단하다.

파도와 바람이 그냥 내달리도록
누구의 이름도 부르지 않는다.

구약성서의 뱀 신약성서의 뱀

아이들은 숲을 지날 때 뱀이 개구리를 삼키는 것을 발견
하면
모두 달려들어 개구리를 구해 주고 뱀은 모조리 죽여 가
시철망에 걸어 놓았다.

구약성서에 선악과와 뱀에 관한 이야기 중 "뱀은 지상의
모든 동물 중 가장 교활했다."라는 구절이 있다.
신약성서에는 "뱀처럼 지혜롭고 비둘기처럼 순결하라."라
고 적혀 있는 것을 알았다.

10년 전부터 뱀을 한 번도 본 적이 없다.

로마의 휴일

나는 영화 「로마의 휴일」을 서른 번은 족히 봤다.

그녀는 꽉 조인 드레스, 로마 신발을 벗고

아이보리 레이스 드레스로 갈아입는다.

앤 공주(오드리 헵번)와 조 브래들리(그레고리 펙) 둘이 놀던

스페인 계단 젤라토 한 스쿱 흑백으로 진동한다.

8세기에 지어진 산타 마리아 인 코스메딘 성당

입구 벽면 앞에 모두 사랑스럽고 예의 바른 포즈를 취한다.

"중세 때 사람의 손을 입안에 넣고 진실을 말하지 않으면

손이 잘릴 것을 서약했다."

로마를 방문한 사람들은 진실의 입(La Bocca della Verità)에

손을 넣는다.

강의 신 홀르비오 얼굴 조각상,

사람들이 그 '진실의 입'에

자신의 손을 넣고 얼버무린다.

손가락이 잘리지 않았나 매번 살핀다.

사람이 진실의 입을 열 수 있을까?

박카스 신화

1

바쿠스(Bacchus) 그리스 로마

담쟁이덩굴 떡갈나무 머리

티르소스 지팡이를 손에 들고

노래하고 춤추는 포도의 주신(酒神),

강신호 동아제약 회장이 함부르크

시청의 지하홀 바쿠스(디오니소스)

석고상을 보는 순간

박카스* 그 신화를 잇고 있다.

피로한 정신이 회복될 무렵

나는 술신이 취해 있나

미켈란젤로 다 카라바조의

이탈리아 피렌체

* 박카스의 역사: 1961년 9월 정제, 1962년 8월 앰플, 1963년 8월 드링크 박카스D, 1991년 5월 박카스F, 2001년 3월 박카스 캔, 2005년 4월 박카스D 리뉴얼, 2005년 8월 박카스디카페, 2011년 9월 편의점용 박카스F, 2013년 7월 편의점용 포장 변경, 2015년 단일 제품으로 처음으로 매출 2000억 원을 돌파했다.(동아제약(주) 홈페이지 2017. 8. 1. 검색; http://www.dapharm.com/Main.da.)

우피치 미술관에 갈 계획을 세웠다.

2

　나는

"해변의 연인들"

"대한민국에서 불효자로 산다는 것"

"가장 나를 아껴 주고 싶은 순간은 '꿈을 충전할 때'이

다."

　박카스 CF 29초 영화를 볼 때마다 빠진다.

3

　나는

한밤중에 김치냉장고에서

박카스를 찾았다.

밑바닥 잇는

정상의 중턱

문득문득 휘청거린다.

토닥토닥, 스르르

그 한 병.

파동이 잠수하는 빗물펌프장 1

광주에서 오신 선생님이 한강 빗물펌프장에 들르셨다.
빗물을 받아 뿜어내는 곳이라고 얼버무렸다.
말할 수 없는 것들도 저렇게 끌어올릴 수 있을까.
모를 일이다.

한강이 흐르는 지름길을 가다 다시
빗물펌프장과 마주칠 때면 또 얼버무린다.

빗물은 왜 여기 모이는 걸까.
거기에는 이미 빗소리는 없는데
모여든 소리는 조용히 물결로 남고
거대한 펌프만이 입을 닫고 서 있다.

파동이 잠수하는 시간에.

태양계 뻐꾸기

아침이 간격을 줄이며 온다. 아침을 본 뻐꾸기는 오늘 맑다.
멀게 가까이 조금씩 바닥이 밝아지는 것을 따라 운다.
뻐꾹. 뻐꾹. 시계도 아는 체하는 뻐꾸기 울음
서로 다른 간격으로 서 있는 건물들 사이로 들려온다.
산이 있고 동산이 있고 언덕의 공원이 있는 아침
적막을 밖으로 불러내서는
허둥지둥 어딘가로 흩어지는 발걸음의 날개들
점점 밝아지는 아침의 소리들.

별무늬 산천어 등에서 꿈틀거린다

거친 물살 치고 오르는 지느러미의 황금빛

햇볕 얕은 웅덩이에 흘러들어
옹송옹송 모여서는

속살을 훤히 내놓고 깊은 산에 살고 있다.

진달래 그림자 붉게
푸른 숲에 스러지고

소용돌이에 갇히다가
급류에 휘말려도

깊은 샘물로
숨 쉬며 맑아지는 살들의 물결.

송암 천문대에서

46억 년 나이 원시를 바라본다.

오래전 이 행성엔 비가 퍼부어 바다가 형성되고,

이산화탄소가 바다에 녹아 하늘은 점차 맑아졌을 것이다.

공기가 밤을 열고 지금까지 이어져 왔을 것이다.

하늘이 파랗고 노을이 붉은 이유는 공기의 입자가

푸른빛을 산란시키기 때문이다.

50억 년 후에는 태양이 주계열성 단계를 마치고

거성 단계에 접어들어 지구의 공전 궤도 크기까지 팽창할

것이라 한다.

지구 자체는 태양에 흡수되거나 표면이 융해되고

탄생할 때와 같은 마그마로 뒤덮일 것이다.

만약 태양이 성장해 사라질 때까지 지구가 남아 있다면

그대로 백색왜성이 된 태양과 함께 식어 갈 것이다.

지구의 미래를 이 밤은 모르는 척 마음껏 펼쳐지고 있는

중이다.

안개의 산

뺨을 후려치는 흰빛
빛의 뼈로 만든 것들은 다 이렇게 희다지.

내 뼈가 희다면 이 빛에 흔들린 탓일 테지.

면사포처럼 엷은 안개가 피어오르고
감았다 풀어 주는 빛의 뼈들.

풍선을 부는 이유

호흡을 다듬어 본다. 이게 무엇일 수 있을까.
숨을 모아 단전(丹田)에서 데워
입김을 솔솔 불어넣으면
꿈처럼 부푼 풍선,
눈길 한 번에 탱탱해진다.
명주실로 묶고 나면
발을 동동 구른다.
열아홉 번째 풍선은 설마, 그 풍선
손을 놓자마자 이마를 훑고 비상(飛翔)한다.

혜성의 O_2

태초의 기억을 꼬리에 가두었다.
언제부터 궤도를 그리며 떠돌았는지는 확실치 않다.
다만 그도 태양계 가족이다.

목성, 토성, 달,
혜성에도 O_2가 있다.
태양계 구름 속 원시 O_2.

혜성이 태양 가까이 다가가면
핵에서 코마와 꼬리가 만들어진다.
알코올, 설탕, 산소…….

두려움과 경이의 O_2.
결합하지 않고 수십억 년을 견디고 있다.

태양계 탄생의 비밀
그 베일을 여신은 캄캄한 영역에서 벗고 있다.

태양계 형성 이론 처음부터 다시 써야 할 시간,

질소, 황, 탄소도 있다.

과학자들은 혼란에 빠져들었다.

인류의 거짓말 시작

성경에 기록된 뱀의 최초 거짓말,
아담과 이브가 사탄의 유혹에 넘어가
선악과를 따 먹음으로써 원죄를 짓게 된다.

선생님의 솔잎 거짓말 탐지기*

어린 시절 고흥초등학교

같은 반 아이의 연필을 자주 훔쳐 간 한 학생이 있었다.

그 학생이 누구인지 알기 위해

선생님은 여우처럼 팔영산에 올라 솔잎을 한 주먹 따 오셨다.

키가 똑같은 솔잎을 골라 학급 아이들에게 나눠 주었다.

"지금부터 4분간 솔잎을 손에 꽉 쥐고 눈을 감고 있어. 절대로 보아선 안 된다."

"만일 너희들 중 연필을 훔쳐 간 학생이 있으면 선생님이 나눠 준 그 솔잎이 조금 더 길어져서 훔친 사람이 누구인지 곧 밝혀질 것이다."

4분이 지난 뒤 선생님은 그 솔잎을 회수하여 길이를 맞추어 보았는데

유독 한 아이의 솔잎만이 크게 짧아졌다.

---

* 자각 증세와 심적 변화에 따른 자율신경계의 각종 반응을 이용하여 피의자 진술의 진위성을 판별하는 장치로, 폴리그래프의 일종이다. 고의로 거짓말할 때 심리적으로 불안한 상태로 인해 호흡이나 혈압, 맥박 등의 변화가 일어나는 것을 기록하는 장치이다.

물건을 훔친 아이가 자신의 나쁜 행동이 발각되지 않도록

최선을 다해 행동한 결과였다.

제2의 페스탈로치를 꿈꾼 선생님은

인간의 심리를 이용해 범인을 찾는 방법을 알고 있었던

것이다.

거짓말 탐지기 원리는 거짓말을 할 때

처벌의 두려움으로 생리 변화가 일어나는 것이다.

고대의 거짓말 탐지기

서남아시아 기원전 2100~689년. 바빌로니아 2만 수천 매의 점토판에 남겨진 기록이다. 질문에 대한 답변의 거부나 기피, 공포로 인한 불안한 태도, 안색의 변화, 심문 장소를 떠나려는 욕망, 땅바닥에 엄지발가락을 문지르는 행위까지. 이것이 판별의 비법이었다. 함무라비 법전비에 전하는 노래하는 여인의 좌상이여.

1

페르시아의 탐탕법

기원전 6세기 조로아스터* 신비주의. 마법사의 거짓말을 입증해 내었다.

---

* 조로아스터교의 주요 교리와 개념에 대한 역사적 기록은 기원전 6세기경에 처음 나타났다. 다리우스 1세와 크세르크세스 1세에 관한 기록에서도 아후라 마즈다가 언급되었다. 페르시아 제국이 알렉산더 대왕 앞에 무너지고, 이후 파르티아 제국의 시대가 이어지는 동안 페르시아 지역에서 조로아스터교의 이름은 거의 잊혀지다시피 했다. 그러다가 3세기 초에 사산 왕조 페르시아가 시작되면서부터 조로아스터교는 국교로 지정되며 부흥했다. 그 경전인 『아베스타』가 편찬되어 보급된 것도 바로 이때였다.

"거짓말하는 사람은 긴장하기 때문에 침 분비가 적어져 불에 달군 쇠붙이를 혀 끝에 갖다 대면 화상을 입게 되는 원리" 이것은 불의 신탁이다.

페르시아 제국이 알렉산더 대왕 앞에

무너질 것을 예측한 그의 스승 아리스토텔레스,

프리드리히 니체 "신은 죽었다."

아프리카 '튜턴족'이 범죄 협의자에게 벌겋게 달군 다리미를 혀에 갖다 대어 화상을 입지 않으면 진실한 것으로 판정했다.

새벽의 여신을 기다리며 메르크리우스의 신성한 우물 물을 머리에 뿌린다.

2

중국의 미요법

쌀을 입속에 넣고 씹도록 하여

극도로 긴장했을 때 타액 분비

감소가 일어나는 것을 이용하였다.

타액 분비가 많이 나오면 무죄
적게 나오면 유죄.

3
인도의 평균대
기원전 600년. 한쪽엔 사람 한쪽엔 술을
평균대에 올려놓았다.
말이 무게를 가진다는 것을 그들은 어떻게 알았을까.
거짓말하지 않을 때는 12g 정도 줄지만
거짓말할 경우 체중이 줄지 않으므로
거짓말 유무를 판단하였다.

4
아프리카의 끓는 물에 의한 판정
고대 아프리카에서 1세기 이상 사용했다 한다.
범죄 용의자들을 한 줄로 세우고
찬물 통 속에 그들의 팔꿈치까지 넣게 한 뒤

다시 펄펄 끓는 물통 속에 그들의 팔을 넣게 하여
하루가 지난 후 팔에 물집이 생기거나 피부가
상처를 입으면 유죄로 판정한다.

5

시리아의 맥박 변화 판정
── 폴리그래프* 검사 원리**
기원전 300년경 국왕은 아픈 왕자를 진찰하게 한다.
"상사병입니다."
의사가 왕비 이야기를 하면
왕자의 맥박 변화가 감지되어
젊은 왕비를 짝사랑하고 있음을 알았다.

* 뇌파, 근 활동, 안구 운동, 안진(眼振), 심장 박동, 호흡 등 여러 가지 생리적 현상
을 동시에 기록하는 장치이다. 범죄 수사에서 '거짓말 탐지기'로 흔히 사용된다.
** 심리적 자극에 의한 생리적 변화.

6

대마술사 솔로몬 왕

한 아이를 둘러싸고 두 명의 여자가 싸우고 있다.

"칼로 아이를 두 동강 내서 반씩 가지는 게 좋겠다."

이에 한쪽은 수락한 반면, 다른 한쪽은

"그런 일을 해야 한다면 저 아이를 그냥 저 여자에게 주십 시오."

이를 본 솔로몬은 "진짜 어머니라면 자신의 아이를 죽게 내버려둘 리가 없다."라고 말하며, 아이를 양보하려 했던 여자가 진짜 어머니라는 판결을 내렸다.

7

인도의 당나귀 꼬리에 의한 판단

어두운 마구간에 당나귀를 매달아 놓는다.

당나귀 꼬리에 아무도 모르게

먹물을 묻혀 놓고

범죄 용의자에게

"마구간에 신의 당나귀가 있다. 한 사람씩 들어가 당나귀 꼬리를 잡아라."

　손에 먹물이 묻어 있으면 무죄

　먹물이 묻어 있지 않으면 범인.

8

천동설 대 지동설

고대 그리스 사람들은 바다를 돌면서

별들이 둥글다는 것을 알았다.

지구가 태양의 둘레를 돌고 있다는 것은 믿지 않았다.

3세기 아리스타르코스의 지동설을 히파르코스가 부정했다.

프톨레마이오스의 천동설

1400년 지구를 중심으로 모든 별이 돌고 있다.

아리스타르코스, 16세기 니콜라우스 코페르니쿠스의 지동설

갈릴레오 갈릴레이 망원경을 만들어

천체, 달, 목성,

지구에서 1억 5천만 킬로미터 떨어진 태양을 들여다본다.

5억 년 비밀 간직한 지구보다 백만 배 큰 해,

이글거리는 표면 위로 흑점이 솟구친다.

로마 교황청 추기경위원회 재판에서

갈릴레오 갈릴레이는 태양이 세계의 중심이고 돌지 않으며

지구는 돌고 있다는 주장 철회 굴욕

교황청은 문리학자에게 유죄를 선고한다.

"슬프다, 이 하늘 이 지구."

"이 우주가 이제는 나의 육체적 감각으로 채워지는 좁은 영역 안에 움츠러들고 말았구나."

"그래도 지구는 돈다." 그 전설과 사실 사이

마르틴 루터 "성경은 지구가 태양을 도는 것이 아니라 태양이 지구를 도는 것임을 분명하게 가르쳐 준다. 나는 성경을 믿는다."

1979년 교황 요한 바오로 2세 "로마 가톨릭 교회가 갈릴레이에게 한 유죄 선고는 실수다."

1992년 10월 31일 교황청이 갈릴레오 갈릴레이를

복권하기까지 350년이 걸렸다.

1642년 갈릴레오 갈릴레이가 세상을 뜰 때

영국에서 아이작 뉴턴이 태어났다.

아인슈타인 '절대적인 진리'와 '인식의 한계'를 밝힌 상대
성 이론

특수 상대성 이론, 절대적이라 생각했던 시간과 거리가 관
찰자의 운동에 따라 달라진다.

일반 상대성 이론, 중력에 의해 시공간이 휜다.

모든 관찰 결과는 상대적이고 개개인의 관찰 능력에 한계
가 있다.

9

거짓말 탐지의 발견

1580년대 갈릴레오 갈릴레이

최초 맥박 측정 장비를 개발한다.

1885년 이탈리아 생리학자 롬브로소

움직임, 호흡, 땀, 혈압, 심장박동을 측정한다.

1921년 미국 법학자 존 라슨 그 기틀을 닦았다.

10

거짓말 탐지의 원리

인간이 의도적으로 조절할 수 없는 신경계

혈류량, 혈압, 자율신경계 중 부교감신경계의 변화를 측정한다.

진실 패턴 거짓 패턴을 구분하는 주된 원리이다.

11

거짓말 탐지기의 증거 능력*

거짓말을 하면 반드시 일정한 심리 상태의 변동이 일어나

그 심리 상태의 변동은 반드시 일정한 생리적 반응을 일으켜야 한다.

* 대판87도968. 1987. 7. 21.

생리적 반응에 의해 피검사자의 거짓 여부가 정확히 판정
될 수 있다는 전제 요건이 충족되어야 한다.

특히 거짓말 탐지기가 위의 생리적 반응을 정확히 측정할
수 있는 장치여야 한다.

검사자가 탐지기의 측정 내용을 객관성 있고 정확하게
판독할 능력을 갖추어야 한다.

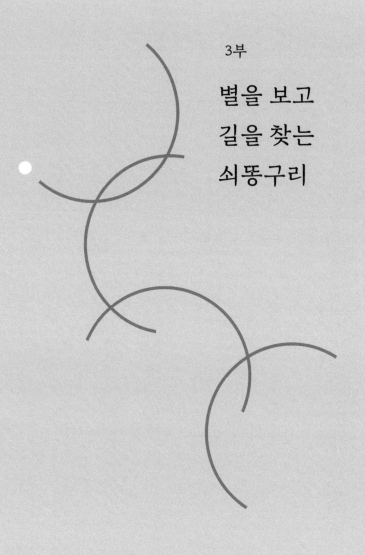

3부

별을 보고
길을 찾는
쇠똥구리

별처럼 사랑을 배치하고 싶다

모이고 흩어진다. 빛은 산란한다. 저것이 별에서 온 것이라면 아마도 모든 별은 산란하고 있는 중일 것이다. 모이고 흩어진다. 우리가 배워 온 것들이 거기에 있었다. 누군가는 누군가를 만나고 헤어진다. 그걸 사랑이라고 한다지. 그래서 좀 깜빡깜빡하지. 태양의 빛을 받으며 공전하는 천체들의 이름을 외우라고 했었지. 선생님의 입 모양이 그랬던 것 같기도 해. 아이들이 그랬던 것 같기도 해. 우리는 산란되고 배치되었지. 수성과 금성, 지구와 화성, 목토천해명. 외우려면 좀 줄여야 했기도 했어. 일종의 배치지. 흩어지는 배치. 잊기도 하는 것들에 번호를 매기고 목록을 만들기도 했지. 그러기 위해 늘 빈 공책이 필요했지. 비어 있는 것들이 필요했지. 어느 날 그래서인지 몰라도 어떤 배치는 비기도 해. 명왕성은 134340 번호를 부여받고 태양계에서 퇴출되었어.* 태양계

---

* 2006년 국제천문연맹(International Astronomical Union, IAU) 총회의 결정에 따라 행성의 지위를 잃고 왜소 행성으로 분류되었다. 명왕성은 IAU가 새로 제정한 행성의 정의 세 번째 조건을 충족하지 못한 것이다. 행성은 표면이 바위나 금속 덩어리로 이루어진 지구형 행성과 기체로만 이루어진 목성형 행성으로 나뉘는데, 주요 성분이 얼음인 명왕성은 둘 중 어디에도 속하기 어렵다.

계 마지막 행성의 위치는 사실상 비게 된 거야. 아무 일도 아니지만 그런 일이 중력을 가지게 되기도 하지. 아마도 그게 사랑이 아닐까. 그렇게 사람을 붙잡는 힘이 행성에는 존재하지. LA 다저스의 에이스 클레이튼 커쇼가 자신의 트위터에 멘션을 날렸어. '10번째를 의미하는 거 맞지?' 우리의 열 번째. 그날은 그것이 사랑이었지. 명왕성을 잊지 말자 해시태그를 붙이는 걸 잊지 않았지. 고대 그리스 시대. 지구를 중심으로 천체가 도는 천동설이 있었어. 1400년간 우리를 지배했지. 모이고 흩어지며 그랬어. 별들은 그때에도 그랬지. 우리의 사랑스러운 산란. 다음에 지동설이 천동설을 몰아냈지. 그리고 별들이 다시 배치되었지. 그랬던 날들이 있어. 모이고 흩어지던 날들. 사랑의 법칙이 그런 거지. 모이고 흩어지는. 공을 던지듯 나는 커쇼의 트윗을 리트윗해. 트윗의 공간도 산란의 우주. 그곳의 기억도 우주의 기억과 마찬가지. 산란의 기억. 그곳에도 퇴출되는 열 번째가 있을 테지만. 거기에도 사랑이 있어 우리를 부르는 말들로 불러 줄 날이 있지. 별들처럼. 사랑을 배치하는 저 별들처럼. 아름다운 배치는 누

가 이름을 바꾸어 붙여도 그대로 있기도 하니까. 그래. 열 번
은 더 얘기할 수 있겠어.

별을 보고 길을 찾는 뿔쇠똥구리

한낮에 칠퍼덕 똥을 싸며 바라구풀 쇠뜨기풀 뜯은 소가
밤이 되자 외양간에 누워 되새김질한다.
뿔쇠똥구리 밥이 굳기 전에 뭉치려고 간다.
동그랗게 말아야 공전 궤도에 진입할 수 있다.
밥을 빼앗기지 않으려면 어서어서 집으로 가야 한다.
직선거리를 겹눈으로 가늠한다.
자기 몸보다 더 큰 똥 경단에 올라 천체 사이클을 맞춘다.
그 위에서 신나게 춤추어야 지표가 나타나는 경험 법칙
의 시간,
처녀별자리 은하수*를 찾는다.

"푸른 하늘 은하수 하얀 쪽배엔 계수나무 한 나무 토끼
한 마리 돛대도 아니 달고 삿대도 없이 가기도 잘도 간다 서

* 쇠똥구리가 은하수에 의지해 길을 찾는다는 사실이 남아프리카공화국과 스웨
덴 연구진에 의해 밝혀졌다. 연구를 주도한 스웨덴 룬드 대학교 연구원 마리 데크
(Mare Dacke)는 "쇠똥구리들은 겹눈을 갖고 있어서 하늘의 가장 밝은 별들을 볼
수 있는 것으로 보인다."라고 말했다.

쪽 나라로."*

달이 뜨지 않으면 귀뚜라미 청개구리 두 방향으로만 뛰고
여섯뿔가시거미 자신의 투망터에 행성을 매달아 놓고
거미줄에 걸리지 않으려고 한발 한발 뗀다.
사람, 새, 물개, 곤충, 외로움은 별을 보고 길을 찾는다.

* 윤극영, 「반달」.

흰빛이 굴절될 때 유체 이탈 시작된다

1

우주에서 150 광년* 나는 빛의 파동이 서로 다른
매질의 경계면을 지나면서 굴절된다.
파장의 파동이 입사하는 각도(θ_1) 굴절되는 각도(θ_2) 사이
은밀한 관계가 성립한다.
그 파동 천체를 가로질러 형상을 왜곡하지 않고
곤충, 사람, 나무, 새, 고인돌을 빛으로 다듬는다.

2

영혼이 힘겹게 빠져나간다.
초라해진 몸을 내려다본다.
마른 잎새가 잠든 모습이었다.
이슬비 오는, 멀리서 지퍼 올리는 소리가 들려온다.
가상 아닌 듯 실재의 숫자를 주워 담는다.

---

* 빛은 진공 속에서 1초 동안 약 30만km를 진행하므로, 1년간 도달하는 거리는
약 9.46×10^{12}km이며, 이 거리를 1광년이라 한다. 1광년=$6,324 \times 10^4$AU=0.307pc다.

비어 있는 몸을 훑고 있다.
들어가야지, 들어가야지, 열심히 살아야지.
날아다니는 영혼과 비어 있는 몸은
한바탕 충돌을 예감한다.
머리 위에서 흰빛이 일고,
그가 들어오면 가볍게 일어난다.
썰물처럼 들어왔다, 빠져나가는
바다는 출렁인다.

날마다 한강을 건너는 이유 35
— 야탑역에서

야탑역에 내렸다

한발, 한발 내려가다 보면 하늘을 찌른 빌딩의 뿌리

주둥이가 뾰족한 두더지의 터널이 보인다.

두 손을 짚으면 뛰어넘을 수 있는

허리를 굽히면 끼어 들어갈 수 있는

그것을 개찰구라고 한다.

빨강 구멍에 패스를 넣는다.

혜성의 꼬리를 붙잡고 신나게 달려오는 지하(地下)의 혜성,

— 지금 열차가 곧 도착합니다. 지금 열차가 들어오고 있

습니다. 손님 여러분께서는 뒤로 한 걸음 물러서 주십시오.

뒤로 한 걸음 물러섰다.

회색의 갖가지 굴을 이어서 만나는 꼭짓점

파티에서 갈아타기를 즐기는 그들처럼 갈아탈 것만 같아

정차할 때마다 귀를 세우고 노선도를 펼친다.

그곳에 서면 날마다 갈등의 시작이다.

암갈색 흑갈색 주황색 두더지도 갈아타는 곳에서 갈등할까.

보라색으로 가다가 녹색에서 갈아타고 빨강에서 내릴까.

한 번도 갈아타지 않고 똥색 표정 짓고 한강을 건널까.

연두색으로 둥글게 돌다가 갈아타는 곳곳을 기웃거릴까.

한 걸음 물러서면 복잡한 굴에 갇힐 때가 있다.

미로에서 주둥이가 뾰족한 두더지를 만났다.

그가 가는 곳을 따라가면 화살표가 떨어지고

오스트리아 원주민의 부메랑이 돌아온다.

횡대로 서 있는 문은 삑 삑삑 날개를 접는다.

뒷걸음질로 혜성의 꼬리를 밟았다.

날마다 한강을 건너는 이유 24
— 청령포

청령포 짙은 색조를 띠고
16세 소년 왕 부른다.

나무숲이 우우우 바람에 부서진다.

어떻게 살아왔는가.
어떻게 살아 있는가.

남녘으로 실려 오는
단종(端宗)의 절규가 흐른다.

날마다 한강을 건너는 이유 28
— 한강의 옛 이름

한사군 삼국 시대
허리를 띠처럼 둘러 대수(帶水)

고구려
아리수(阿利水)

백제
욱리하(郁里河)

신라
이하(泥河) 왕봉하(王逢河)

삼국사기 신라편 지리지
한산하(漢山河)

고려는 큰 물줄기가 맑고
밝게 뻗어내리는 긴 강

모래가 많아 사평도 사리진(沙里津)

조선 시대는 경강(京江)

한수(漢水)
크고 넓은 한강(漢江)이 되었다.

꿈은 현실을 현미경처럼
가르쳐 준다.

네점가슴무당벌레

7밀리 속에 박힌 네점가슴을 만난다.
나뭇잎에서 점이 퍼지지 않는 날개를 펴고.
파르르르르 날아다닌다.
네점가슴무당벌레가 손바닥에 올라와
날개를 꺾어 앉는다.
더듬더듬 손금을 따라가더니
내 손끝에 화살촉처럼 뾰족한 더듬이를 꽂는다.
더듬이를 꽉꽉 내리치며
젖가슴을 만들었을까.
내 손을 모루* 삼아 더듬이로 점들을 담금질하는
네점가슴무당벌레가
점들은 점점 자라면서 비틀대지 않고 평행을 잡는데
더듬이가 점을 남기고 떠난
내 손끝 한가운데로 소용돌이가 일어난다.
손바닥을 펴 보니 점들이 파장처럼 남아 있는데

* 대장간에서 불에 달군 쇠를 두드릴 때 아래에 받치는 쇳덩이.

나는 사는 게 어지러워 자꾸만 이리저리 비틀거린다.
바람 부는 공중에서 맴돌며 진흙에 곤두박질치지 않게
더듬이를 꼿꼿하게 세운 네점가슴무당벌레
내 손끝 소용돌이로 처녀비행을 했을까.
날아다니는 네점가슴무당벌레처럼
나는 이륙하지 못하고 힘겨워 주저앉는 때가 많다.

중년의 밥상

하나, 어시장에서

노량진시장에 간 중년 남자 오징어가 춤을 추고 뱀장어
는 전깃줄처럼 늘어졌다. 물고기는 오토바이처럼 붕붕거렸
고 수산시장을 금세 빠져나가던 고집 센 바다 냄새. 남자는
욕쟁이 할머니 가게에 들어갔다. 눈 꽉 감고 있던 조개. 시퍼
렇게 눈을 뜬 조기 농어를 보던 남자 할머니는 쇠꼬챙이로
생태를 찍더니 50년 된 나무 도마에 눕혔다. '一 자' 혹은 'ㄱ
자'로 누워 있는 생태를 짝짝 잘랐다. 네 동강이 난 몸에 소
금을 뿌렸다. 남자는 '一 자' 혹은 'ㄱ 자'로 잠자는 모습을 떠
올리며 검은 비닐봉투에 담긴 생태를 챙겨 나오는데 남자를
쏘아보고 있던 바닷고기들.

둘, 과자 굽는 아저씨를 만났다.

집 가까이에서 남자는 과자 굽는 아저씨를 만났다. 과자
값은 삼천 원에 두 근, 이천 원에 한 근. 갑자기 저울 눈금을

확인하라고 아저씨는 남자에게 눈짓했다. 눈금을 들여다보던 남자는 자신의 값과 무게가 궁금해졌다. 남자는 저울의 바늘이 과자의 무게를 가리킬 때 그간 살아온 세월의 한 중앙에서 자신을 재 보고 싶었다. 양손에 든 검은 비닐봉투의 무게를 가늠하며 집으로 갔다.

셋, 밥상과 까치밥

늦어진 저녁 밥상에 올려놓은 생태국, 알이 꽉 찬 국에서 김이 모락모락 피었다. 숟가락에 비친 남자는 곰곰이 생각했다. 후식으로 과자를 먹으면서도 그랬다. 목구멍을 타고 들어가는 생태와 과자들이 배 속에 가시와 부스러기로 걸려 있는 것만 같았다. 남자는 밥상을 치우지 않고 창 밖 집 근처에 있는 까치집을 봤다. 꽃받침이 꽃눈보다 큰 감꽃이 걸려 있는 듯 조촐한 까치밥상이 놓여 있었다. 어미가 어린 까치들에게 차려 준 까치밥. 키가 자랄 땐 아무거나 많이 먹어 두어라. 어미가 어린 까치들에게 말해 주는 저녁이었다. 막 떨어진

감꽃을 주워 먹었던 유년의 가난이 차려진 듯했다. 떫떠름한 맛이 차 있는 감처럼 목구멍에서 넘어가지 못하는 과자가 떫었다. 여름내 말랑말랑하게 익은 감은 밥이 되어 밥상에 오르곤 했다. 간짓대를 휘저으며 감나무에 걸린 홍시들을 마구 따던 남자에게 그만 따거라 까치도 먹어야제 말하셨던 어머니, 까치밥 몇 개를 남겨 놓듯 떠났던 고향을 남자는 하늘 가장자리에 매달아 놓았다.

어른의 결과

1

시신이라고 생각하는 남자가 있다. 김 씨라고 자기에게 소
개를 하는 그는 논다. 놀이가 일상이라 일상은 오래 놀고 있
다. 미세한 먼지만이 일상의 차이를 감지한다. 그렇게 먼지
를 다루며 논다. 그게 놀이일 리 없지만 자기는 이미 시체이
므로 놀이라 하기로 했다. 그게 약속이다.

2

시신이라고 생각하긴 하지만 그는 가끔 출근한다. 시체
로 살기 위해서는 출근을 해야 한다. 미세 먼지를 맞으며 출
근을 해야 한다. 출근이 그를 결정하는 것은 아니다. 그것이
김의 주장이다. 결정하진 않지만 출근을 한다. 그래야 죽을
수 있다. 때문에 그에게 휴가가 있다는 걸 우리는 이상하게 생
각해서는 안 된다. 그는 휴가를 내고 동대문종합시장에 간다.
시체이긴 하지만 시장에도 간다. 거기서 자신의 몸을 덮을 이
불보를 사기도 한다. 이불을 파는 사람은 중년이다. 중년이
라니. 그렇게 부르기로 약속했지만 시간은 어디에고 똑같은

데 중얼거리는 김. 김이여 이불보를 주문하자. 아무것도 중요하지 않다. 이불만이 김의 놀이를 결정하므로. 주문하기로 하자. 그리고 쉬자. 죽은 듯 쉬자.

3

이불은 광목으로 만들어졌다고 한다. 14수의 수를 놓으며 주인은 재봉틀을 돌린다. 정밀하다. 이 이야기는 사실 김에게 하나도 중요하지 않은데. 주인은 하나하나 설명을 하며 작업을 한다. 기다리란다. 김은 자신은 오래오래 잘 기다린다고. 시신은 기다리는 것을 아주 잘 해서 이불을 쓸 만한 가치가 있다고 대답한다. 주인은 노려본다. 그게 당신 이야긴가 하고. 그렇다고 하며 김은 아주 오래 누워 있다고 얘기한다. 주인은 우리 집에도 아주 오래 누워 계셔 돌보는 어른이 계시다고 안되었다고 김을 동정한다. 같은 마음입니다. 같은 마음이어서 김은 어른이 된다. 어른이 된다.

4

　김은 어른이고 쉰다. 쉬고 쉬면서 더 그의 놀이에 가까워
진다. 세상이 쉬지는 않는다. 그게 약속이다. 꽹과리, 장구,
북, 징의 고른 화음이다. 그에게만 세상이 이렇게 될 줄 알았
다. 그게 어른의 결과이므로. 이 결과의 일상을 감당하기로
하였다. 그보다 먼저 어른의 결과를 알고 누워 있는 어머니
에게는 이를 말씀드리지 않기로 한다. 그녀도 이제는 좀 더
쉬어야 하므로. 우리의 안식을 위하여. 지루한 놀이에 대해
서 이야기하지 않기로 한다. 이불을 쓰니 김의 얼굴이 가려
졌다. 가려질 수 있는 것이 여기에 있었으면 좋겠다. 적어도
그게 놀이의 구원이길. 그건 지켜지지 않을 약속. 그렇지만
이루어지지 않은 약속을 기다려 보기로 한 김은 자신을 시
체라 여겨 보기로 해 보았다.

우리가 만든 바다

우리 모두 법화산(法崋山) 묏줄기
우뚝 선 전당에 모여
한 명 한 명 맑은 물 한 방울로 모여
우리의 바다를 만들자.
청람의 맑은 물 진리처럼 정의처럼 흘러
흘러 마침내 하나로 모이는
우리가 만든 바다.

우리 모두 푸른 요람에 뿌려진 씨앗
법화산 묏줄기에 처음 핀 꽃
강산 수놓는 무궁화 되리.
국민이 가는 길섶에 바람막이로 핀
한 명 한 명 당당해서 아름다운 무궁화 되리.

그리하여 한반도는
무궁화 아름답게 만개한
한 척의 꽃배

우리가 만든 바다에 띄워진

한 척의 철선

정의의 풍랑이라면, 풍랑을 넘어

진리의 높은 파도라면, 파도를 넘어

거침없이 세계를 항해하리라.

심장에서 꺼낸 칼, 고대의 심장

살이 타 버릴까

우산을 쓰고 언덕을 올라간다.

먼저 양산을 하얗게 쓰고

날아가는 따오기 일곱 마리

피아노 건반처럼 높이 올라간다.

처녀별자리 그 높은 곳에

오래된 접시처럼

앉아 있는 창녕박물관

투명한 유리관 속에 누워 있는

금상감명문원두대도(金象嵌銘文圓頭大刀)

긴 칼자루 끝에

한 방울 핏방울이

떨어져 있다.

심장을 꺼내어 보여 줄 수 있는

나의 긴 떨림이 한 방울

베어져 혼자 있다.

양복 입은 뱀

1

결여되어 있는 말을 아끼지 않고 한다면
사이코패스는 가면이다.
그 가면은 아무도 이름을 알 수 없는
무스코기족 인디언 가면을 닮았다.
그 가면의 두 눈이 불처럼 타면서
이성을 불태워 버리는 줄 자신은 모른다.
숨기고 있던 자신의 불안 이후의 잔혹의
그림자를 데리고 돌아다닌다.
그가 충무로에서 일곱 개의 인격을 달고
돌아다니면서 그의 가면을 바꾸고 또 바꾼다.

2

공포가 흔들린다.
도덕심이 흔들린다.
잠복한 이들의 불안이 흔들리는
넥타이처럼 흔들리고 있다.

보면서 그리고 보면서도

자꾸 불안이 흔들린다.

다시, 뒤돌아봐라.

사이코패스의 그림자를 보면서

일찍 깨어 있어라.

흰 양복에 흰 넥타이를 맨

뱀이 한 마리

독의 이빨을 뻗고 있다.

그가

너의 양복을 입고서 밖으로

외출한다고 생각하여라.

3

인디언자리 은하 NGC 7049 원반이 흐려 보인다.

자유의 깃발

—— 산하를 지키는 별

산맥을 우렁차게 굽어보는

참수리의 두 발톱처럼

이제 힘차게 가슴을 열고 달리는 젊은 그대

푸른 어깨 위로 동이 튼다.

만물이 깨어나는 그 순간의 함성 속에는

용솟음치는 법화산(法華山)* 물줄기 흐른다.

뛰는 맥박, 둥둥 울리는 쇠북처럼

조국이 나를 부른다.

두 귀를 열고 두 눈을 뜨고 가슴을 활짝 펴고

국민을 향해 달려가는 경찰대학

나는 이제 비룡지(飛龍池)**에서

---

* 용인시 구성읍 언남리 88번지 옛날의 경찰대학교를 감싸고 있는 봉우리가 이름
이 없는 것으로 알려져 관습적으로 '청람'이라고 사용해 오다가 박경헌 교수팀이
행정지도에서 385고지를 '법화'라고 명명한 것을 확인함에 따라 1987년 8월 3일 경
찰대학교 교육운영위원회 심의 결과 청람의 명칭을 새로 '법화산'이라 제정했다.
'청람'을 '법화'로 바꿔 쓰기도 했지만, '청람축전', '청람대상', '청람인' 등은 선후배
들의 맥을 잇는다는 취지에서 종래대로 그대로 사용하고 있다.

** 경찰대학교 정문 옆에는 비룡지가 있다. 이는 용이 비상한다는 뜻으로 미래
지향적이고 학생들의 앞날에 무궁한 발전을 기원한다는 의미가 있다. 고요하고 잔

메마른 목을 축이고

동북아를 넘어

글로벌 시대를 향해 날아가는 은하 바깥의 초고속 별.

세계를 껴안을 우리의 기상

국민의 가슴에 맞닿은 민중의 지팡이

너와 나는 이제 세계 속의 경찰 되어

미래를 향해 달려가는 새 바람의 주역이다.

어두운 밤, 깊고 조용한 산하(山河)

그 산하를 비추는 경찰의 별이 되어

국민의 가슴에 빛이 되는 경찰.

나의 가슴에는 조국, 정의, 명예가 있고

나의 손에는 자유가 있다.

자유의 그 깃발을 사랑하는

젊은 그대들이여.

잔한 아름다운 비룡지는 용이 살고 있을 것만 같은 모습을 하고 있다.

부케를 던지는 이유 2

꽃을 든 여자가
전철에 앉아 있다.
빽빽한 저 꽃을 어디선가 본 적이 있다.
대쪽을 닮아 가고 싶은
꽃대를 뽑아 든 저 여자는
두 손으로 빽빽한 꽃을
놓치지 않으려고 꼬옥 쥐고 있다.
그때, 전철의 문이 열리고
많은 사람들은 그 꽃을 본다.
여자는 눈을 감고 있다.
언제 어디서 내려야 하는지를
아는지 모르는지 궁금하다.
그래서 나는 다시 그 꽃을 본다.
빽빽한 꽃이 날아와서
두 손으로 저 꽃을 받았다고
나는 생각하면서 그 빽빽한 꽃을 들고 있는
여자의 손과 얼굴과 옷을 살핀다.

쉽게 가질 수 있는 꽃이지만

지금 여자가 갖고 있는 꽃은

어쩌면 그리 쉽게 가질 수 있는 꽃이

아닐 수도 있다고 나는 다시 생각한다.

삼각지역 1번 출구

이슬비 내리는 길을 달려 빽빽한 꽃을 든

여자의 뒤를 쫓아가면서

그가 지금 행복한지를 생각해 본다.

하늘을 날아와서 저 꽃이 여자의 손에

닿기까지 꽃은 포물선을 그리면서

떨어졌을 것이다.

빽빽한 꽃을 든 여자의 좌우로

결혼식장엘 서둘러 가야 할 사람들이

시선을 모으고 있다.

꽃은 지금 그녀의 품에서

세상에서 제일 아름다운 향기를 뿜어내고 있다.

나는 그녀의 등 뒤에서 꽃을 본다.

부케를 던지는 이유
— 빽빽한 꽃을 든 여자

태고에
태고에 피지 못한 꽃봉오리
허리 휘청거리며 달려온다.
폭포 삼각형 반듯한 바위
여인의 젖가슴에서 빽빽하게 핀다.

그 꽃,
잎으로 빽빽한 꽃을 든
여자의 독사진은 쓸쓸해 보인다.
붉은뺨가마우지처럼,
어깨 배꼽 물갈퀴 힘을 빼고
팔꿈치 구부려 팔을 부드럽게 편
여자는 빽빽한 꽃을
오른손에서 왼손으로 바꿔 든다.
너무 멀리,
가깝게 던지지 않도록 적당한 거리를 가늠해야 한다.
고개를 돌리지 않고,

빽빽한 꽃을 살며시 던지며 한 컷,
빽빽한 꽃이 뒤로 날아가고 있을 때
여자는 운명의 거리를 눈 맞춤 한다.
빽빽한 꽃을 든 여자는 사랑을
빽빽한 꽃을 받는 여자도
꽃 같은 사랑을 꿈꾼다.

스티브 잡스 대 빌 게이츠

1

우주 공간에는 두 개의 천체가 공통의 질량 중심을 기준으로 중력적 상호 작용을 일으키고 있는 연성계(連星系)라는 것이 있다. 거기에서는 우주가 둘을 중심으로 돈다. 서로가 서로를 극에 두고.

2

앤디 허츠펠드가 말한다. "빌이 스티브를 무시한 부분이 있다면, 그건 스티브 잡스가 실제로 프로그래밍을 할 줄 모른다는 점이 었어요." 처음 만났을 때부터 게이츠는 잡스에게 매료되었고, 사람들을 매혹하는 그의 능력을 조금 부러워하기도 했다. 하지만 빌 게이츠는 곧 잡스가 "기본적으로 이상하고 인간으로서 결함이 있다"고 판단하게 되었다. 빌 게이츠는 잡스의 무례함과 "상대를 쓰레기라고 말하거나 아니면 회유하려는 태도만 보이는" 경향을 불쾌하게 여겼다. 반면 잡스는 게이츠가 지나치게 편협하다고 생각했다. 그는 언젠가 이렇게 말했다. "젊었을 때 LSD*를 좀 했거나 아시람을 방문했더라면 사고가 좀 더 넓어졌을 텐데……."**

3

극과 극은 서로를 만진다. 만짐의 궤도 얽히는 중이다. 서로가 적당히 서로를 밀어내며 비춘다. 극은 극의 화면이다. 그것이 우주의 파동일지도 모른다. 그게 우주의 비밀일지도 모른다. 두 궤도가 교차할 무렵 극과 극의 파동은 서로의 화면을 스와프한다. 극이 극의 이름을 완성해 간다. 극의 정면이 거기에 놓인다.

* LSD(least significant digit): 기수법(記敎法)에서 기수(記敎)의 가장 작은 멱(冪)의 수가 되는 숫자를 말한다. 예를 들면 기수를 10이라고 하면, 10진법에서 '2518'일 때는 맨 마지막 자리의 숫자 8을 말하며, 10^0의 수로 나타낸다.
** 월터 아이작슨, 안진환 옮김, 『스티브 잡스(*Steve Jobs*)』(민음사, 2011), 286쪽.

태양계의 궤도
─ 명왕성 대변인

태양의 빛과 열을 받으며 바라보며 공전하는
수성 금성 지구 화성 목성 토성 천왕성 해왕성 명왕성,
초등학교 선생님 입 모양 따라 줄줄이 외웠다.

명왕성은 134340 번호를 부여받고 태양계에서 퇴출되었다.
행성은 태양을 공전해야 한다?
충분히 큰 질량과 중력을 가지고 정역학적 평형을 유지할
수 있는 원형에 가까운 모습이어야 한다?
공전 구역 내에서 지배적인 역할을 하면서 천체 내부에서
핵융합 반응이 일어나지 않아야 한다?

태양 1억 4960만km, 명왕성 57억 6000만km
웅웅 흰빛이 온다.

지구는 1시간에 약 1670km의 속도로 서쪽에서 동쪽으로
자전하면서, 태양을 둘러싼 대략 9억 6000만km에 달하는
타원 궤도를 1년 동안 공전한다.

달은 지구를 바라보며 살갑게 돈다. 수성, 금성은 위성이 없어도 외롭지 않다더라. 화성 2개, 목성 69개, 토성 62개, 천왕성 27개, 해왕성 14개…….

고대 그리스 시대 지구를 중심으로 천체가 도는 천동설
1400년간을 지배했잖니!
16세기 지구가 태양의 주위를 돈다는 지동설이 나와서 천만다행이다.

'쉐이크쉑(Shake Shack)' 메뉴판 초읽기

1

뉴욕 서울 쉑쉑 날아다닌다. 판잣집(Shack)에서 손으로 만든 밀크셰이크(Shake)를 판다는 소문을 들은 쥐와 새도 쉑쉑을 가늠쇠로 정조준하다가 방아쇠를 당길 기세다. 초자연의 야생 메디슨 스퀘어 공원 코엑스 아쿠아리움 중생대 파충류인 수궁류가 파동을 주고받으며 진화한다. 서로 신호를 보낸 초록의 뱀은 자유자재로 수백 개 갈비뼈를 움직여 빌딩 식당 수제 신발 속옷 우산 가게 강남역 신논현역을 휘감았다. 태양의 황경이 120도 지점을 통과할 무렵 뙤약볕 염소 뿔 촛농 흐를 때 폭염 경보가 발령됐다. 35℃ 8시간 34℃ 5시간 33℃ 4시간 32℃ 2시간 멥쌀을 물에 불려 치대어 길게 가래떡을 뽑던 아저씨가 숨을 몰아쉰다. 초록의 뱀 무늬 SOS SNS 웃기고 슬프게 똬리를 틀고 푼다. 포유류 다리가 곧아져 강남 상륙 작전에 성공한 초록의 대열은 비 오고 해 뜨는 광경을 눈치채지 못한다. 35℃ 6시간 33℃ 4시간 31℃ 2시간 파충류 포유류가 지구의 체온을 감지한다. 저온에서 온도 변화를 감지한다. 저온에서 고온으로 기운 열소가 많은 곳에서 적은 곳으로 고기 떼처럼 흘러가는 정오, 한낮 화장실을 수없이 왔다 갔다 배가 고파 요기를 하고 촘촘한 대열에 쥐도 새도 모르게 합류하는 정치외교론이 스르르 펼쳐진다. 머리털 자락에서 몸통 꼬리 무늬로 고대의 점들이 빼곡히 박히고 몸 빛깔을 자유롭게 바꾸고 혀는 자신의 머리와 몸통을 합친 길이보다 길고 끝이 둥글고 끈적끈적해서 한낮에 순간 포착하는 세뿔달린카멜레온, 그 대열의 열대 사람들 눈빛의 강약 온도 감정 변화에 따라 몸의 빛깔이 바뀌고 변장해야 쉑쉑의 테이블에 앉을 수 있다. 공기와 사람들은 스르르 뜨거운 곳에서 차가운 곳으로 이동하고 있었다. 쓱 그 정신의 정체가 스르르 궁금해졌다. 절대온도는 섭씨온도와 0의 기준점이 다를 뿐 눈금 간격은 동일한 것일까. 열의 정체를 밝힌 줄*은 추를 떨어뜨리면 물 그릇 안의 날개가 회전하는 실험 장치를 고안하여 추가 한 일이 회전날개를 돌려 물의 온도를 올린다는 것을 보여 주었다. 우주에서 온도가 가장 낮은 부메랑 성운

* 줄(James Prescott Joule, 1818~1889). 영국의 물리학자.

에서 서성거리고 싶은 오후 2시 나는 초록의 끈적끈적한 나뭇가지에 매달릴 수 있는 꼬리에 처음부터 서 있지 않았기에 겹겹의 비늘을 헤치고 몸통에 좀처럼 끼어 설 수 없었다. 파충류처럼 혀를 꺼내지 못하고 사정거리에서 서성거리자 알바가 손에 쥐고 흔들어서 바람을 일으켜 더위를 덜거나 불을 일으킬 수 있는 초록 부채를 쥐어 준다. 동그란 초록 부채를 집게손가락에 끼워 바람을 만들 때 검지가 빠지지 않을 탈출의 구멍이 있다. "지금 해피앱을 다운받으시면 다양한 혜택을 만나실 수 있습니다." "곧 SHAKE SHACK도 함께합니다." 10대 20대 30대들이 벽에 붙은 메뉴판을 스르르 스마트폰 줄지어 SHAKE SHACK 착시 영상을 담는다. 그 순간 또 다른 알바가 메뉴판*을 손에 쥐어 준다.

2
    "쉐이크쉑은 뉴욕 메디슨 스퀘어 공원 복구 기금 마련을

---

* 강남 쉐이크쉑 코팅 양면 비닐 메뉴판(2016. 8. 5).

돕고자 시작한 USHG의 여름 이벤트에서 우연히 시작되었습니다. 매년 여름 많은 쉑 팬들이 핫도그 카트 앞에 길게 줄을 설 정도로 인기를 끌면서 2004년, 쉐이크쉑이라는 이름의 간판을 달고 공원 내에 키오스크 매장을 열었습니다. 쉐이크쉑은 프리미엄 식재료를 사용한 클래식 아메리칸 스타일의 메뉴를 제공하는 파인 캐주얼 레스토랑입니다. 프리미엄 수제 버거, 플랫탑 도그, 크링클 컷 프라이, 신선한 커스터드, 에일 맥주, 와인 등을 함께 즐길 수 있을 뿐만 아니라 쉑에 방문한 모든 분들을 내 집에 머물러 온 게스트로서 응대하며 따뜻한 호스피털리티를 제공합니다. 이처럼 쉐이크쉑은 늘 활기가 넘치고 긍정적인 분위기가 가득한 사람들의 커뮤니티 개더링 공간입니다."*

3

쉐이크쉑 메뉴판을 왼쪽에서 훑어보니 항생제와 호르몬

* http://shakeshack.kr/, https://www.facebook.com/shakeshackkorea 2016. 8. 15. 검색
홈페이지 바탕화면 전부 인용.

제를 사용하지 않는 100퍼센트 앵거스 비프 통살을 다져 만
든 패티와 쫄깃한 식감의 포테이토 번을 사용한 버거 토마
토 양상추 쉑소스가 토핑된 치즈버거 애플 우드 칩으로 훈
연한 베이컨 매콤한 체리 페퍼에 쉑소스가 토핑된 치즈버거
몬스터 치즈와 체다 치즈로 속을 채우고 바삭하게 튀겨 낸
포토벨로 버섯 패티에 양상추 토마토 쉑소스를 올린 베지테
리안 버거 슈룸버거와 쉑버거의 맛을 한번에 즐길 수 있는
쉑스택 포테이토 번과 비프패티 치즈가 토핑된 치즈버거 포
테이토 번과 비프 패티를 기본으로 신선한 양상추 토마토 피
클 양파 토핑을 취향에 따라 선택할 수 있는 버거 참나무 칩
으로 훈연한 소시지와 포테이토 번을 사용한 핫도그 쉑 랠
리쉬 토핑과 다진 양파 오이 피클 토마토 스포츠 페퍼 셀러
리 솔트 머스터드 토핑을 풍성하게 올린 시카고식 핫도그 비
프 소시지가 들어간 담백한 핫도그 포크 소시지가 들어간
담백한 핫도그 바삭한 감자 크링클 컷 프라이

4

매일 매장에서 신선하게 직접 만드는 부드럽고 진한 맛
의 쫀득한 아이스크림 바닐라 초콜릿 솔티드 캐러멜 블랙
앤 화이트 스트로베리 피넛버터 커피 특별한 커스터드 플
레이버 신선한 커스터드와 함께 우유와 레드빈이 블렌딩
된 시즈널 쉐이크 루트 비어 퍼플 카우 크림시클 바닐라 초
콜릿 Flavor of the Week 쉐이크쉑의 쫀득한 커스터드와 다
양한 믹스-인의 조합 초콜릿 퍼지 소스 초콜릿 트러플 쿠
키 Lumiere 초콜릿 청크와 스프링클이 들어간 진한 초콜
릿 커스더드 쉑어택 판매액의 5%는 지역아동센터 비전학
교의 아동 교육 및 활동을 위해 기부합니다. http://www.hjy.
kr/visionschool 달콤한 허니버터소스와 슈가콘 쿠키가 함께
하는 바닐라 커스터드 커피리브레 커피빈 검은깨 캐러멜 소
스 초콜릿 토피가 함께 하는 바닐라 커스터드 JAMMYS 국
산딸기쨈 70% 마시멜로 쿠키와 소이빈 파우더가 달콤하게
블렌딩된 바닐라 커스터드 초콜릿 트러플 쿠키 초콜릿 토피
스트로베리 솔티드 캐러멜 피넛 버터 마시멜로 초콜릿 펄퍼

퍼지소스

5

매장에서 직접 만드는 상큼한 레모네이드(오리지널/시즈
널) 직접 유기농 홍차를 우려 낸 아이스티 레모네이드와 아
이스티의 만남 코카콜라 코카콜라 제로 스프라이트 환타
오렌지 환타 그레이프 청량감 있는 독특한 미국식 무알콜
탄산음료 지리산 암반대수층으로 만든 프리미엄 생수 쉐이
크쉑 버거를 위해 뉴욕 브루클린 브루어리에서 특별히 양조
한 에일 맥주 라파주 와이너리에서 쉐이크쉑 메뉴를 위해
특별히 생산한 쉑 와인 행복한 반려견을 위한 메뉴 강아지
용 비스킷 5개 세트 알레르기가 있는 고객은 주문 전 미리
문의해 주세요. 원산지: 소고기 미국산 돼지고기 덴마크산

6

빅뱅이 일어난 시점의 온도가 가장 높고 우주의 시작점인
온도를 생각하면 초록 줄은 DNA 디옥시리보오스를 가지고

있는 핵산 유전자의 본체를 이룬다고 상상할 수밖에 없는 중력의 시간 그 초록의 꿈틀 4천만 년 전부터 먹이를 졸라 죽이는 콘스트릭터 뱀이 강남대로에 출현할지도 모른다. 쉐이크쉑 '쉑버거', 버거킹 '와퍼', 롯데리아 '불고기버거', 맥도날드 '빅맥', 모스버거 '모스치즈버거' 초록의 뱀은 더 큰 먹이를 삼키고 어둠 속에서 안면의 열 감지기를 이용해 먹이 사냥을 준비하는 시간, '안으로 들어오지 말고 밖에서 돌아가'지 않도록 쇠틀에 고안된 대열의 밤이 진행되고 있다. 눈이 작은 비늘에 덮여 있고 돌출 부분만 열려 있는 두 눈이 360도 따로따로 움직이면서 먹이를 찾는다. 쉐이크쉑 쉑버거의 지름 9.7cm 높이 4.7cm 총중량 202g 패티 무게 90g 45% 고기가 절반 무게인 셈이다. 다리 눈꺼풀 귓구멍이 없는 초록의 줄은 열의 본성에 대해서 그것이 물체의 미소립자의 운동이라 귀결했다. 로켓이 발사되기까지 남은 시간을 초 단위로 거꾸로 세어 가듯이 스르르 흐른다.

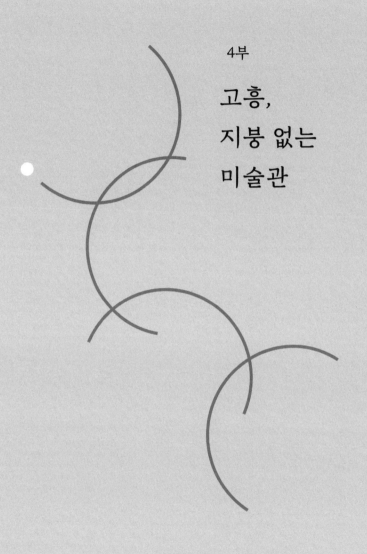

4부

고흥,
지붕 없는
미술관

발포에서
── 고흥 발포 만호 시절 이순신 장군을 기리며

누가 바다를 험하다 했을까.
팔영산 중턱에서 바다를 본다.
그는 죄인으로 길을 걸을 때도 바다를 곁에 두었구나.
전라좌수영 5관 5포 중 고흥 1관 4포를 발포라 하는데
그가 흰옷을 입게 된 것은 오동나무 때문이란다.
마당 앞 오동나무를 베어 가려던 상관에게
"나무는 판옥선 중요 재료요.
그 열매에서 뽑아낸 기름은 화살의 원료요.
이 오동나무는 국가 재산이니 누구도 함부로 베어 갈 수
없소."
맞서다 이 길로 쫓겨 왔다.
쫓겨 와서도 바다를 곁에 둔 그를 찾은 관원들에게 그는
죄인으로 걷는 길에 만날 수 없다고 하였다는데
그가 지키려던 것은 바다만은 아니었구나.
바다가 키운 정신은 더 험한 길을 가더라도
누구에게 굽히지 않고 간다.
굽이굽이 지쳐도 간다.

그는 바다 곁 이 길을 험하다고 하지 않았다.
여기 그가 끌고 간 길이 아직 놓여 있다.

이순신길
백의종군로
발포* 바닷가가 보인다.

* 1580년(선조 13) 이순신(李舜臣)이 충청병사해미군관(忠淸兵使海美軍官)에서
발포만호(종4품)로 부임하여 18개월 동안 재임하면서 발포만호성과 굴강에서 거
북선을 만들기 시작한 곳이다. 고흥발포만호성(高興鉢浦萬戶城)은 전라좌수영 산
하의 오관(五官: 順天·樂安·寶城·光陽·興陽)·오포(五浦: 蛇渡·呂島·鹿島·鉢
浦·防踏) 중 수군만호가 다스리던 수군진성(水軍鎭城)으로서 1490년(성종 21)에
축성 둘레 1360척(약 626미터), 높이 13척(6미터) 규모의 사다리꼴 성벽이 축조되
어 1894년(고종 31)에 폐지되었다. 성안에는 우물터와 선소(船所)터도 있다. 이 선소
터에서 거북선의 하단부가 건조된 것으로 전해진다. 발포마을 동령산은 수백 년 전
부터 왜가리와 백로의 수천 마리 도래지다. 흰색, 파란색, 연노랑색 알을 3~7개 낳
는데, 암수 함께 품고 어미가 토해 낸 먹이로 새끼를 기른다.
　한편, 박병종 전남 고흥군수는 2015년 11월 1일 고흥군 도화면 충무사 인근 오동나
무 청렴박석광장에 '발포만호 이순신 오동나무 청렴일화비'를 세웠다. 박병종 군수
는 "역사는 흘러간 과거가 아니라 미래를 여는 창이라고 인식하고, 우리 역사를 현재
의 문화로 되살려야 한다."라며 전 국민을 대상으로 박석을 분양해 청렴 문구를 새긴
1580개의 바닥돌을 포함한 모두 6237개의 바닥돌로 청렴 광장을 조성했다.

고흥반도

바다가 땅을 둘러싸다 밑동 터놓은 고흥반도
바라보면 이야기를 터놓는 고흥반도
고려 시대 한 임금님의 세숫대야에 비쳤을
금강산 같은 여덟 개 봉우리의 팔영산
산 정상에서 바다를 향해 초등학교 교가를 부르다가
눈 크게 뜨고 보면
영국 해군이 최초 침입했던
거금도 적태봉
바닷바람이 봉우리를 맴돌면서 후세에 전하네.
소록도를 요한 바오로 2세가 찾았네.
새마을 운동이 일어날 때쯤 바다를 막아 버린 해창만
석화 김 바지락 돔 농어는 묻히고
반듯한 논밭에 밤이슬이 매일 내리네.
해풍을 받으며 자라는 유자나무
고흥반도가 연노랑으로 일렁거리네.
팔영산 봉우리에 일제가 박은 쇠말뚝을 빼내자
꽃들이 머무는 자리가 넓어지고

고조할머니 무덤가에 하얀 민들레 피네.

능가사 금탑사 묵중한 범종 소리가 조우하는 데에

동자삼(夢) 모여 있다는 전설 따라가면

동백이 활짝 반기네.

염소가 매여 있는 밭을 홀씨처럼 다녀간 할아버지

흰옷을 입은 할아버지들이 밑동으로

땅을 흩뿌려 놓았다던 다도해

철새가 머물다 가는 무인도를

지나가던 바닷바람이 전하네.

팔영대교에서

1

고흥 팔영산국립공원 중국 황제의

고려 시대 세숫물에 비친 8개 봉우리 선비 그림자를 닮았다.

유영봉 성주봉 생황봉 사자봉 오로봉 두류봉 칠성봉 적취봉

고조할아버지 때부터 불러 오던 봉우리 그대로,

국가지명위원회의 팔영대교*

여해 이순신 장군 뱃길 한산도 통영 남해 동해 서해를 잇

는다.

2

한반도 빼닮았다.

팔영산 깃대봉(608.6m) 비와 눈이 내린다.

* 팔영대교(八影大橋)는 전라남도 고흥군 영남면 우천리와 여수시 화정면 적금도
를 잇는 다리이다. 고흥군과 여수시를 잇는 11개 교량 건설 사업 중 하나로 건설된
다리로 적금~영남 간 도로 2.97킬로미터 구간 공사의 일환으로 건설되었다. 고흥
팔영대교 현수교는 1340미터에 주탑 높이 138미터에 이른다. 지금은 적금도 방향에
서 다른 도로로 연결되는 도로가 없기 때문에 2019년 화양~적금 구간이 모두 완
공될 때까지 다리를 지나 200미터 지점에 설치된 회전 교차로에서 회차해야 한다.

오월의 삼지닥나무가 솥을 걸고 솟아 있다.

새까만 싸움 게 되어 밀려오던 왜놈들을

거북선* 열두 척으로 삼백 척을 무찔렀거니,

이제 또 지도 교과서 들고 한반도를 넘나본다.

---

* 김병섭, 「국가 리더십과 대학연의」, 서울대학교 행정대학원 국가정책과정 제84
기 강의 노트, 12면, 2017. 3. 31. 조선의 무기 체계 중 거북선: 천자, 지자, 현자, 황자,
총통, 완구, 질려포 등의 화공(火攻), 화살 등이며, 일본의 무기 체계 중 안택선(安
宅船)·관선(關船) : 조총, 활, 검 등이다.

고흥나로우주센터*

날아간다. 수직은 산에게 친절한 배웅을 받는다.
달, 바다, 이제 반도는 그 사이에 놓인다.
고려 시대 한 임금님의 세숫대야에 비친
여덟 봉우리 팔영산은 수직의 그림자를 올려다본다.

밭에 밤이슬이 매일 내리는 고흥(高興)은 '하늘로 인해 흥
하는 곳'이라는데
쏘아 올린 수직이 여는 달의 바다가 쏟아지며
탄다. 타오른다. 바다에 바다가 떨어진다.
별의 부스러기가 섬들 많은 바다에 떨어진다.
그 순간 수직이 우주에 조용히 안겼다고
환호하는 사람들이 있었다.

그리고 궤도가 시작되었다.

* 고흥나로우주센터가 있는 전라남도 고흥군 외나로도는 남쪽을 향해 로켓을 발
사할 수 있는 남해안 다도해 해상국립공원에 속한다. 동경 127.3°, 북위 34.26°, 493
만㎡, 시설 부지 약 26만㎡, 발사 방위각은 정남 방향 15°이다.

바다의 기억이 천천히 밀물로 들어오는 시간 나는 염소가
매여 있는 밭을 홀씨처럼 다녀간 할아버지를 기억해 본다.
흰옷을 입은 할아버지들이 밑동으로
땅을 흩뿌려 놓았다던 다도해
거기에 세운 기지에서 달의 바다 기록을 쓰고 있단다.

바다의 기록지를 읽고 싶어졌다.

첨도 날치의 농담

초밥에 뿌려진 날치 알이
입안에서
사각사각 톡톡

튀어 오른다.
날치가 내 배 속을 비행하는 느낌.

내 뱃속은 적도의 대양처럼 코발트빛일까.

날치는 수면에서 높이 날기 위해 순백색 배를 비우고
지느러미를 힘껏 펼친다.

나는 볼록한 배를 매일 채울 뿐이고 멀리 날 수도 없다.
생활한다는 것
그것이 나의 일상이다.
날치의 비행이 부러워지는 이유다.

내 뱃속은 거짓말처럼 시커먼 바다일까.

나는 그저 트림을 하고 초밥 가게를 나온다.

내 앞에 있는 세상은 코발트빛이다.

간판이 불을 밝히는 밤의 도시

이곳은 심해보다 깊다.

나는 날치처럼 지느러미를 펼쳐 본다.

수면을 꿈꾸며 날자, 날아 보자꾸나.

툭툭 농담을 던져 보는 날이다.

해창만 실뱀장어

강이 바다와 합류하는 곳에서
그물을 드리우고 실뱀장어를 잡는다.
실뱀장어는 서로 얽히다가
매끄럽게 그물에서 빠져나와
세상에서 마지막 춤을 추는 듯
온몸을 흔든다.
내 눈길을 온몸으로 꽁꽁 묶어 놓는 실뱀장어
잡고 잡히는 사이를 잇는다.
섬에 오래 갇힌 내가 실뱀장어처럼
춤을 추지 않는 이유
거선(巨船)을 타지 못하는 이유
섬에서 나를 실없는 사람이라고 명명(命名)한 이유
뱀장어가 나에게 춤추며 묻는다.
집으로 돌아오는 길에 자그마한 돌에 걸려
나는 주전자에 넣었던 실뱀장어를 쏟는다.
실뱀장어들이 땅에서 춤을 춘다.
손을 대면 손독이 옮아 죽는 가녀린 실뱀장어

캄캄하게 보였을 나도

섬에 사는 실뱀장어.

나로도 은갈치

집어등 밝히자 손님이 온다.
수평선에 점점이 걸려 있는 별처럼
낚싯줄에 매달려 줄줄이 올라오는 은백색 갈치들.

갈치들은 빨랫줄에 널어 놓은
아버지 난닝구처럼 눈이 부시다.
갈치 춤에 맞춰 비틀거리며
바다로 나갔던 아버지의 눈을 비추던 것은
어떤 빛이었을까.

거문도에 갈치들이 찾아오는지
수평선에서부터 밀려오는 파도의 등이
날이 서서 은빛으로 빛나고 있다.

고흥 유자

술독 풀 시간이다.
모세혈관을 지켜 주는 헤스페리딘
플라보노이드 색소 플라바논
치우치지 않으려고 찬바람이 도는 밤에 큰다.
행성이 자란다. 해풍이 공전한다.

서울에서 손님이 오시면
궤도에서 내려와 공손히 인사를 한다.
팔영산 능선에서 모항성(母恒星) 둘레를 돈다.
손님의 콧잔등에 입을 맞춘다.

공전에 걸리는 시간은 천체마다 다르다.
천체의 둘레를 일방적으로 회전하지 않으려 한다.
수백만 년 젊은 성단 안드로메다자리 NGC 752
게자리의 M67 수십억 년 늙은 성단
미지의 둘레를 돌다 별 하나둘 뜰 때
하나둘 뜬다. 울퉁불퉁 떠오른다.

유자나무 한 그루로
자식들을 대학까지 보낼 수 있었단다.

신라의 장보고 대사가 당나라에서 품고 왔다고
『세종실록』 제31권에 전한다.

고흥의 두 사부

흰옷을 입은 두 사부
하얗게 웃으며 내게로 가까이 다가왔을 때
내 동공이 번쩍 열렸다.
보들보들한 발가락이 만국기에 닿지 못하면
가랑이를 찢자고 했다.
두 사부는 내 다리를 벌렸다.
나는 앞서기로 학의 흉내를 내어 올바르게 서게 되었고
그제야 비로소 나는 흰 띠를 맸다.
그리고 점심시간
접시에 올려진 뜨거운 백숙
뽀송뽀송한 털이 백숙에 더덕더덕 붙어 있었다.
생닭 껍질을 참기름 소금에 찍어 우물우물 씹었다.
고소함을 조금 알았을 때
칼재비 무릎눌러꺾기로 선비가 되었을 때
사부는 검은띠를 내 허리에 감아 주었다.
금강막기, 산틀막기, 손날아래헤쳐막기,
거들어 얼굴옆막기

고려

금강태백

평원, 십진, 지태, 천권, 한수, 일여

날개펴기로 앞으로 뛰어넘고 뒤로 뛰어넘고

강산을 두 번 뛰어넘는 사이

큰 사부 작은 사부는 내게 붙어 있던

거추장스러운 날개를 하나씩 떼어 주고

하늘의 학이 되었다.

도심에서는 좀처럼 학을 볼 수 없다.

고흥반도에서 만난 사부

그리고 지금은 무덤 위를 나는 학이 된 당신

가끔은 그 사부 생각이 난다.

고흥의 천도복숭아

할머니는 보름달이 뜨면
부엌에 놓은 정화수를 갈아 주었다.
— 할머니, 소원은 뭐죠?
— 네가 씩씩하게 자라서 나중에 훌륭한 사람이 되는 거
란다.
할머니는 저녁에 이고 왔던 말라 비틀어진 짚을
마당 귀퉁이에 모아 모깃불을 피웠다.
연기가 피어오르면
할머니는 입으로 바람을 불어 주었고
불꽃이 활활 타오르면
할머니는 사발 한 모금 품어 잠재웠다.
연기가 마당으로 퍼지자 모기가 밀려 나갔다.
한여름 밤, 할머니가 마술을 부리는 듯했다.
잡곡밥을 먹고 배가 부른 손자 배 쓸어 주며
천도복숭아를 주시는 할머니
전설을 들려주고 동네에 산다는 귀신을 불러오곤 했다.
— 천도복숭아 먹으면 천년을 산다.

서왕모(西王母) 전설을 들려주려던 할머니는

구멍 난 양말을 꿰매다가 이야기를 잠시 멈췄다.

내가 바늘귀에 실을 꿰어 주자

할머니는 남은 이야기를 한 땀 한 땀 꿰맸다.

나는 할머니가 준 복숭아를 보면서

한입조차 깨물지 못하고

천년을 사는 동안 무엇을 할지만 걱정했다.

잘 익은 복숭아를 공중에 던졌다가

가벼이 받았으나 먹을 수 없었다.

품속에 복숭아를 품고 있다가

나는 할머니에게 천년 묵었을 천도를 내밀었다.

고흥의 소금

그의 구릿빛 얼굴에는
소금이 숨어 있다. 그것은 흔적
한 번만 쳐다보면 뉘우칠 일이 생긴다.
큰 파도에서도 꿈쩍하지 않는
바위를 상상해 보아라.
큰 비에도 다 젖어 버리지 않는
솔나무를 기억해 보아라.
내 속에서 뿌리를 내린 슬픔은
이제 황금빛보다 찬란한
미소를 머금고 나를 향해 웃는다.

슬픔의 결정체는 이렇게 완성되는 법
이것 또한 뉘우침이다.

바로 살아야 할 일을 슬픔에서 배우는 동안

흔적은 햐얗게 일어난다.

아버지의 투망 2

아버지가 바닷속 물길을 살핀다.

새벽마다 뿌리던 아버지의 투망은
썰물에도 운동장만큼 넓게 펼쳐졌다.

투망 속에서 아침 햇살처럼
생생하게 빛나던
은백색의 가을 전어들
모두 어디로 갔을까.

지금 고향집 헛간에 걸려 있는 아버지의 투망은
늘어진 채로 말이 없다.

빈 채로 시간의 바다에 펼쳐져 있다.

아버지의 투망 3

70년대 투망이 있을까 싶어
오늘은 청계천에 갔다.
아버지가 견뎌 왔을 세상의 무게를 기억하는 것은
그것밖에 없을 것이다.
쉽게 구할 수 없는 투망을 찾아 헤맨다.
버스 안에서 창밖을 보며
혹시나
투망이 걸려 있나
두리번거리면서
빈 가슴만
바닷가 저녁 달빛처럼 젖어 온다.

아버지의 투망 5

아버지가 남겨 주신 투망
나는 투망을 던질 줄 모른다.
바람 탄 낙하산처럼 미끄럽고
한번 들어가면 누구도 나올 수 없는
거친 투망 접는다.
삼촌이 일러 준 대로 풀다 보니
나뭇가지에 얽혀 있던 투망을
해 넘어갈 때 겨우 다 풀었다.
중심 잡고 던져 보지만
코앞에 떨어진다.
욕심도 강물 속에 쏟아 버리겠다고
혼자서 중얼거린다.
비워야 할 무엇을
비우는 연습이다.

아버지의 투망 12

고기 한 마리 올라오지 않은 빈 투망에 새벽이 걸려 나오고
부끄러운 듯 간지러운 아침 햇살,

몹시 지치고 배고픈 투망은 바닷가에 두 다리를 뻗고 눕
는다.
바다에 빠진 아버지는 투망을 일으켜 세우고
그물에 걸린 해초

몸속에 공기를 가득 채운 아무르불가사리
조개껍질 뜯어내고 뻘에 잠긴 투망의 얼굴을 씻는다.

투망 씻는 아버지
빈 아침을 맞이했다.

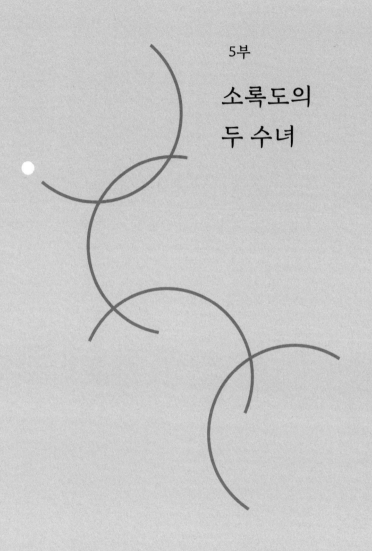

5부

소록도의
두 수녀

소록도의 두 수녀

1

기둥 옆에서 눈썹이 빠진다. 손가락 발가락이 떨어진다.

문둥병 소문은 삽시간에 퍼진다.

얼굴을 천으로 둘둘 말아 눈을 가린 채 집을 떠난다.

파도가 밀려오면 미어지고 찢어진다.

어린아이의 생간을 빼어 먹으면 병이 낫는다.

그 이야기를 모두 믿는다.

한센인을 소록도에 몰아넣은 조선총독부,

그들에게 강제 노동을 시킨다.

감금실 시체 해부 검시소 창살 시퍼렇다.

진달래꽃 물든 능선 깊숙이

바다 피가 뒤섞이는 샛강

소나무마다 비밀을 안고 빽빽해졌다.

상처들이 구워 낸 빨간 벽돌에 나비 떼 앉는다.

2

일곱 살의 금발 마리안느 인스부르크 마트라이 성당 문

을 연다.

단발머리 마가렛 왼손이 하는 일을 오른손이 모른다.

두 소녀의 운명이 병원 방사선과에서 시작된다.

열여덟 마리안느 열일곱 마가렛

오스트리아 인스부르크 대학병원 간호학과에 나란히 입

학한다.

테레사* 수녀 책을 읽고 나이팅게일 선서**를 한다.

* 본명은 아녜즈 곤제 보야지우(Anjezë Gonxhe Bojaxhiu).
** 플로렌스 나이팅게일(Florence Nightingale, 1820~1910). 나이팅게일 선서는
1893년에 만들어져 간호사로서의 윤리와 간호 원칙을 담은 내용을 간호학도들이
맹세하는 의식이다. 2년간의 기초간호학 수업을 마치고 임상 실습을 나가기 전, 간
호학도들은 손에 촛불을 든 채 가운을 착용하고 선서식을 거행한다. 촛불은 나이
팅게일의 간호 정신을 이어받으며, 주변을 비추는 봉사와 희생정신을 의미하고, 가
운은 이웃을 따스히 돌보는 간호 정신을 상징한다. "나는 일생을 의롭게 살며, 전
문 간호직에 최선을 다할 것을 하느님과 여러분 앞에 선서합니다./ 나는 인간의 생
명에 해로운 일은 어떤 상황에서도 하지 않겠습니다./ 나는 간호의 수준을 높이기
위하여 전력을 다하겠으며, 간호하면서 알게 된 개인이나 가족의 사정은 비밀로
하겠습니다./ 나는 성심으로 보건의료인과 협조하겠으며, 나의 간호를 받는 사람
들의 안녕을 위하여 헌신하겠습니다."

3

지구 반대편 두 소녀 소록도에 천막을 쳤다.

흰 가운 입고 쇠통을 끓인다.

우윳빛이 돌아야 목숨을 지켜 낼 수 있다.

"한 아이가 갑자기 호흡이 가빠지더니 숨을 거두어 버린 것이다. 아기는 곧바로 병원으로 옮겨졌고, 병원 측에서 시체를 해부해 보니 아기의 배 안에 지렁이처럼 길고 징그러운 하얀 회충들이 가득 차 있었다. 이 회충들이 올라와 폐를 막아 버렸던 것이다."*

얼굴이 누렇다.

흰 회충을 토해 내기도 한다.

의약품이 있어야 목숨을 구할 수 있다.

수녀는 오스트리아 정부 구호 단체 친지에게 수천 통의 편지를 쓴다.

구충제 영양제 무좀약 결핵약 감기약 피부약 항생제 비타

* 성기영, 『소록도의 마리안느와 마가렛』(예담, 2017), 107쪽.

민 붕대

영아원 결핵병동 정신과병동 목욕탕이 지어진다.

한센인은 세 번 죽는다.

피고름이 얼굴에 튄다.

그 상처 부위를 맨손으로 만진다.

양손으로 고름을 짠다.

검지 중지로 약을 바른다.

영아들의 천기저귀 빨랫감이 쌓인다.

우유를 타고 이유식을 만들고 죽을 쓰고 씻긴다.

재봉틀을 돌려 기저귀를 만든다.

기저귀 갈고 개고 낮잠을 재운다.

손가락 끝에 성수를 찍어 십자가를 그어 아이들의 이마
에 한 점 한 점 별을 띄운다.

축복의 노래를 부른다. 아이들은 스르르 꿈나라에 빠져
든다.

4

영화 「마리안느와 마가렛」 시사회 내레이션 이해인 수녀

"인간의 한계를 뛰어넘어 큰 사랑을 실천한 두 천사들처럼 도움을 필요로 하는 이웃을 찾아 나서는 사랑의 용기를 우리도 지녀야 할 것입니다."

소록도 성당 김연준 주임 신부 "두 사람의 희생정신은 나이팅게일보다 더했으면 더했지 못하지 않았다." "남을 위해 희생한 사람도 영웅이다. 그런 사람이 바로 마리안느와 마가렛이다."

『소록도의 마리안느와 마가렛』의 성기영 작가 "정말 드물게 순수하고 품위 있고 동시에 겸손하고 인간적으로 선한 분들을 목격했다는 것 하나만으로도 영광이라고 생각한다."

윤세영 감독 "저는 작은 그릇이지만 두 분의 뜻을 담으려고 노력했고 은혜로운 시간이었다."

박병종 고흥군수 "두 분 수녀님은 그야말로 박애와 인권 봉사로 저희들에게 희망과 빛을 주신 것 같습니다."

5

43년 소록도 천막을 새벽에 접은 두 할매
편지 한 장 남긴 채 정든 집을 빠져나왔다.
소록도 집집마다 편지 한 통이 도착한다.
두 할매 아주 떠난 거야?
소록도 사슴 슬픔에 빠졌다.
이제 늙어 짐이 되고 싶지 않다.
치매로 요양원에서 지내는 마가렛 피사렛(Margareth
Pissarek · 82)
대장암 천식 폐렴으로 투병 중인 마리안느 스퇴거
(Marianne Stoeger · 83)*

* 이낙연 국무총리는 '마리안느와 마가렛'의 노벨평화상 추천을 건의했다. 2017년
8월 7일 총리실은 이낙연 국무총리가 청와대에 김황식 전 총리를 '마리안느-마가
렛 노벨평화상 범국민 추천위원회' 위원장으로, 또 문재인 대통령 부인 김정숙 여
사를 명예위원장으로 위촉할 것을 건의했으며, 청와대도 이를 긍정적으로 받아
들였다고 중앙일보, 한겨레, 연합뉴스 등 아시아뉴스통신 대전 · 세종 · 충남 취재
본부 홍근진 부국장이 밝혔다. 2017년 11월 23일 "마리안느와 마가렛 노벨평화상
범국민 추천위원회" 발족식이 서울 중구 세종대로 9길 컨퍼런스하우스 달개비에
서 거행되었다. 추천위원회 위원장인 김황식 前 국무총리, 위원으로 장휘국 광주
광역시 교육감, 장만채 전라남도 교육감, 우기종 전라남도 정무부지사, 박병종 고

6

살이 문드러진다.

소매에 피와 눈물이 흥건한 천형(天刑)의 엄마,

한하운 시인의 「붉은 황톳길」 아기 사슴 쩔룸거린다.

소록도 낮게 사랑했다.

홍군수, 우윤근 주 러시아 대사(국회사무총장), 박지원 국회의원, 노웅래 국회의원, 송영길 국회의원, 권욱 전라남도의회 부의장, 강동완 조선대학교 총장, 이기수 前 고려대 총장(고대 법학과 교수), 신경림 이화여대 교수(前 대한간호협회 회장), 구영산 충남대 교수, 안효질 고려대 법학전문대학원 교수, 김희중 천주교 주교회의 의장(대주교), 조환익 한국전력 사장, 김동만 한국가스안전공사 상임감사, 김한 JB금융그룹 회장, 박형철 국립소록도병원장, 허동수 사회복지공동모금회장·GS칼텍스 회장, 손병두 호암재단 이사장·前 서강대 총장, 서상목 한국사회복지협의회 회장, 김옥수 대한간호사협회장, 김영진 한국자원봉사센터협회 회장, 이길용 한국한센총연합회장, 김연준 (사)마리안마가렛 이사장·소록도성당 주임신부, 송철호 변호사, 정태순 장금상선 회장, 박종범 前 유럽한인총연합회장·영산그룹 회장 등이다. 두 수녀에 대한 노벨평화상 후보 추천은 '사단법인 마리안마가렛'과 전남도청, 고흥군청, 오스트리아(티롤주) 등에서 추진 중이며 최근 천주교 광주대교구와 전남도청 간 면담을 통해 위와 같은 방안이 논의된 것으로 알려져 있다.

한편, 박병종 고흥군수는 이들에 대한 감사의 뜻으로 노벨평화상 후보 추천 이외에 그동안 '마리안느-마가렛' 도로 지정(2015년 6월), 선양조례 제정(2015년 12월), 사택 문화재 지정(2016년 4월), 기념우표 제작(2016년 5월), 명예 국민증 및 군민증 수여(2016년 6월), 만해실천대상 수상(2016년 8월) 등 다양한 자원봉사학교 및 기념관을 준공한다.

마리안느 스퇴거 "일생을 거기서 살았는데 생각이 나죠. 저기 사람들 식구 환자들 다 보고 싶어."

"그곳에서 참 행복했습니다."

구라탑(救癩塔) 앞을 서성거리는 악마를 천사가 제압하고 있다.

소록도 병원 100년, "한센병은 낫는다."

두 수녀 인류의 상처를 치유한다.

태양계 궤도를 도는 중첩의 시간들

오태호(문학평론가)

태양계의 시간을 추억하다

지영환 시인은 오래된 시간을 추억한다. 그 추억의 시간에는 고향이라는 공간이 구심력으로 작동한다. 실제 시인의 고향인 전라남도 고흥은 산과 강과 바다를 함께 호흡할 수 있는 대자연의 원형으로 자리한다. 따라서 첫 시집 이래로 지속적으로 새로운 의미가 부여되고 부화되는 원체험적 공간이 바로 고향이다. 시인은 그 공간과 시간과 기억을 씨줄삼아 오래된 가계의 호출과 현재적 도시의 일상을 날줄로 더하면서 독특한 서정의 세계를 직조한다. 그리하여 고향과 일상을 관통하는 오래된 시간의 궤도를 돌면서 새로운 의미망을 길어 올리게 된다. 그 새로운 의미망에는 태양계를 구성하는 별들의 시간이 포함되어 있다.

시인의 첫 시집 『날마다 한강을 건너는 이유』(2006)는 "한강 혹은 겨레의 삶과 꿈"(홍용희)에 대한 모색을 드러낸 시집이다. 시인은 먼저 할아버지(흰밥, 감나무)와 할머니(콩나물시루, 김장, 맷돌, 송이버섯, 해창만 갯벌)와 어머니(수제비, 간장게장, 손금)와 아버지(감나무 네 그루, 은단, 투망, 지게)의 이야기를 핵심적인 원체험으로 추억한다. 그리하여 팔영산 자락에서 나고 자란 시인이 조부모님과 부모님의 대를 잇는 후손임을 직시한다. 가계에 대한 천착 속에서 시인은 수도 서울의 심장부를 가로지르는 '한강'을 모티프로 하여 일상과의 교감을 노래한 바 있다. 특히 '한강'은 생명의 무한한 연속성을 상징하는 메타포에 해당한다. 그리하여 한강을 건너는 일상 속에서 시인은 한강이 표상하는 강물의 도도한 흐름을 따라 흘러가는 존재로서의 '자기'를 발견한다.

두 번째 시집인 『별처럼 사랑을 배치하고 싶다』는 첫 시집 이후 11년 만에 출간되는 시집이다. 이번 시집은 크게 네 가지 열쇠어로 나누어 볼 수 있다. 즉 고향, 생물, 일상, 시간 등이 그것이다. 그것들은 첫 시집의 연장선에 닿아 있으면서도 한층 더 웅숭깊어졌다. 첫 시집으로부터 11년의 물리적 시간감이 내포되어 시인의 안목이 더욱 깊고 넓어졌기 때문이다. 고향은 첫 시집에서와 동일한 기억의 모태로서의 고향이지만 현재적 호흡이 중요하게 대두되며, 첫 시집에서 주목했던 날치, 젓뱅어, 산천어, 갈치 등의 동물에서 새로이 대게와 뱀장어 등이 전유되면서 도시인의 삶의 무늬가 드러나고, 허기진 도시의 일상 속에서 따뜻한 온기를 포착하고 있으며, 오래된 시간을 들여다보는 고고학적 시선을 의미화하고 있다. 최근에는 지구 바깥으로 시선을 돌려 태양계 행성의 의미를 추적하고 있는바, 이제 시인이 그려 낸 태양계 궤도를 따라 고향과 생물, 일상과 시간을 들여다보면서 그 구체적 숨결을 만나 볼 때이다.

시인을 다듬는 고향의 원체험

태양계 궤도의 원체험적 중심에는 첫 시집에 이어 '고향'이 자리한다. 특히 '고흥'은 출생지로서 원초적 향수를 제공하는 공간으로 형상화된다. 이를테면 「고흥반도」에서는 팔영산 봉우리에서 "고조할머니 무덤가에 하얀 민들레"가 피어 있는 모습을 응시하면서, "염소가 매여 있는 밭을 홀씨처럼 다녀간 할아버지"를 회상한다. 고흥은 고조할머니의 무덤가에서 할아버지를 추억하며 대대로 삶을 이어 온 가계의 원형이 자리하는 공간인 것이다. 시인은 고향의 원체험뿐 아니라 「발포에서 ── 고흥 발포 만호 시절 이순신 장군을 기리며」를 통해 "더 험한 길을 가더라도/ 누구에게 굽히지 않고 가"는 '바다의 정신'을 팔영산 중턱에서 응시한다. 만호 시절의 이순신 장군을 회상하며 그 정신의 고고함을 배우고자 하는 것이다. 시인의 호연지기적 기상은 그러므로 고흥의 산과 강 그리고 바다의 정신을 닮아 있는 셈이다.

　'고흥'은 선대의 기억과 역사적 흔적을 내포할 뿐 아니라 아버지와 어머니에 대한 추억이 현존하는 공간이다. 그리하여 「나로도 은갈치」에서는 아버지가 추억된다. 즉 집어등을 밝히면 "수평선에 점점이 걸려 있는 별처럼" 은백색 갈치들이 '손님'이 되어 줄줄이 올라오자, "빨랫줄에 널어 놓은/ 아버지 난닝구처럼 눈이 부시"도록 갈치들을 응시하게 된다. 그때 시인은 "바다로 나갔던 아버지의 눈을 비추던 것"이 "어떤 빛이었을"지를 자문한다. 시인에게 아버지는 갈치 떼의 은백색 광채 속에서 눈부신 추억의 빛을 발산하고 있는 것이다.

이렇듯 바다의 갈치가 아버지를 연상케 하는 동물이라면 호박은 어머니를 연상케 하는 식물이다. 「별들이 자란다」에서는 어머니의 보약재로 보아 둔 "고흥에서 올라온 늙은 호박"이 화제의 초점이 된다. 하지만 마음만 보약재였을 뿐 보약으로 만들어 드리지 못한 채 한 해를 넘긴 뒤 "내 마음처럼 썩은 늙은 호박"을 "봄 화단에 몰래 묻"게 된다. 그때 화단 속에 묻힌 늙은 호박을 숙주로 하여 새로운 호박의 싹이 트고 열매가 자라난다. 그리하여 "호박 한 덩이는 외숙모에게 보냈"고, "어머니 생각이 썩지 않도록" 또 다른 "한 덩이는 눈에 잘 띄는/ 장독에 올려놓"는다. 결국 부패한 것으로 착각했던 늙은 호박의 땅속 재생을 통해 시인은 한 알의 밀알이 더 많은 밀알을 낳는 모태가 되듯 "가뭄 장마 견디며 호박이 자라"는 호사를 누리게 된다. 시인은 늙은 호박의 '부패된 희생'과 '씨앗의 새로운 잉태'라는 경이를 체감하면서 사모곡을 부르는 것이다.

늙은 호박과 어머니에 대한 단상은 이번 시집의 절창 중의 한 편인 「다듬는다는 것」에서는 파와 갈치를 다듬던 어머니의 손길에 대한 연상으로 이어진다.

채소 가게에서 파를 살 때면 나는 늘 긴장한다./ 주인 아주머니는 싱싱한 파 한 단의 줄기를/ 두 손으로 잡아채 두 동강 내어 비닐봉지에 담는다./ 그럴 때면 왜 그런지 내 허리가 굽어진 듯하다.// 고향에 계신 어머니는 그 흔한 파를 손님이 오실 때만 곱게 뽑는다. 아기 머리를 깎을 때처럼/ 솔 머리털을 가위질한다. 파는 다듬어진다./ 어머니는 언제나 다듬는 것에 대해 생각하게 한다.// 가락시장에 가서 갈치를 살 때/ 생선 가게 아주머니는 목포 먹갈치 날개를 칼끝으로 오려 낸다./ 인정사정없이 갈치의 은비늘을 벗긴다./ 그걸 볼 때면 어머니가 손질하신 갈치가 그리워진다.// 고흥에서 갈치가 올라오면 내 얼굴 은빛난다./ 새벽 4시 18분 전화할 곳은 어머니가 있는 고흥뿐이다./ 어머니가 다듬으신 것 중에는 아마 나도 포함될 것이다.

— 「다듬는다는 것」

「다듬는다는 것」에서 시인은 채소 가게에서 파를 살 때의 긴장감을 토로한다. 싱싱한 파 한 단의 줄기가 두 동강난 채 비닐봉지에 담길 때면 자신의 "허리가 굽어진 듯"한 통증을 환각으로 대리 체험하기 때문이다. 뿐만 아니라 시인은 어머니께서 "아기 머리를 깎을 때처럼" 조심스레 파를 다듬는 모습에 대한 연상을 이어 간다. 그리고 가락시장에 들른 시인은 "인정사정없이 갈치의 은비늘을 벗기"면서 갈치를 손질하는 생선 가게 아주머니를 볼 때면 "어머니가 손질하신 갈치가 그리워진다." 가게와 시장에서 찬거리를 살 때면 시인은 고향에서의 기억을 떠올리는 것이다. 그러므로 고흥에서 올라온 갈치를 접하면 시인의 얼굴은 고향 빛깔을 띤 '은빛'으로 빛나게 된다. 고향의 깊은 맛을 추체험할 수 있기 때문이다. 그 생각은 "어머니가 다듬으신 것 중"에 자신도 포함될 것이라는 짐작으로 이어진다. 결국 시인은 어머니가 다듬어 대도시 서울로 올려보낸 '은갈치빛 아들'인 것이다.

아버지와 어머니에 이어 「고흥의 천도복숭아」에서는 할머니와의 추억을 통해 고향을 환기한다. 이때 할머니와의 추억은 천 년 묵은 천도복숭아의 향기로 피어난다. 시인은 보름달 아래 부엌에서 정화수를 갈아 주던 할머니를 떠올린다. 그때 시인이 할머니의 소원을 묻자, 할머니는 손자가 건강하고 씩씩하게 자라 "훌륭한 사람"이 되는 것이라고 답변한다. 뿐만 아니라 모깃불을 피워 모기를 밀어내는 마술을 펼치던 할머니는 손자에게 천도복숭아를 주며 서왕모 "전설을 들려주"고 "동네에 산다는 귀신을 불러오곤" 한다. 할머니는 "구멍 난 양말을 꿰매"면서 동시에 시인을 위해 옛날이야기도 "한 땀 한 땀" 동시에 꿰매 주었던 것이다. 시인은 그때 천도복숭아를 차마 먹지는 못한 채 그저 들여다보면서 천년의 삶에 대한 아득한 걱정 속에서 할머니께 "천년 묵었을 천도를 내밀었"던 기억을 떠올린다. 천도복숭아와 할머니의 연상 속에 천년 묵은 이야기가 현재의 기억으로 그 향기를 퍼뜨리고 있는 것이다.

이렇듯 고향 고흥은 아버지와 어머니, 할아버지와 할머니, 고조할머니 등의 가계 구성원들이 살아서 혹은 돌아가신 모습으로 시인의 생의 모태가 되어 자리하는 공간이다. 그 공간에서는 시인의 원초적 체험으로서의 추억과 이야기가 무궁무진하게 발화된다. 그리고 시인은 친족들로부터 부지불식간에 내면화한 모든 이야기소들을 호출하여 지금 여기에서 아름답고 따뜻했던 고향의 정겨운 풍경으로 환기해 내고 있는 것이다. 그러므로 시인은 고향을 추체험함으로써 항상 새로이 다듬어지는 존재인 것이다.

생물로 전유하는 도시인의 삶

시인은 「나로도 은갈치」나 「호박은 자란다」에서 갈치나 호박을 주목했듯, 바다나 대지에서 키워 내는 생물을 통해서 자신의 존재감을 토로한다. 현실 세계의 생명체들을 들여다봄으로써 자신의 내면을 보다 투명하게 성찰하기 위해서이다. 「실을 토하는」에서는 침실의 "누에 한 마리"가 되어 "누워서/ 경계가 없는 몸"으로 '침묵'하는 존재가 되어 보기도 하고, 「젓뱅어」에서는 한강의 젓뱅어가 되어 세계를 맑고 투명하게 들여다보기도 한다. 「별 따라 헤엄치는 젓뱅어」는 첫 시집의 「한강에 사는 젓뱅어」와 연결되는데, 맑고 투명하여 "몸속에 작은 등을/ 켜 둔 것 같"은 '젓뱅어'를 통해 "등으로 받아 내는 하루가 저물 무렵까지" 햇빛을 수용하며 한강을 배회하는 존재의 하루를 요약한다. 누에와 젓뱅어는 침묵으로 한강을 오르내리는 시인의 존재를 대리 표상하는 등가물에 해당하는 것이다.

누에와 젓뱅어뿐 아니라 「민달팽이의 고인돌집」에서는 달빛을 만지면 "빛이 미끄러지"는 사실을 알려 주는 '민달팽이' 이야기가 등장한다. 민달팽이는 "잎사귀를 갉아 먹"으면서 "밤을 먹어치우는 소리"를 내고, "제 몸의 무늬로" "달빛 위를 기"어가는 모습으로 형상화된다. 이때 시인은 밤에 "민달팽이의 세계를 몰래 만지"면서 "미끄러지는 것에 이슬이 맺히는" 이유와 "빛이 뿔에 맺히는" 이유를 알게 된다. 모든 생명체는 제 몸의 빛깔과 소리와 몸짓으로 존재의 의미를 현현하고 있는 것이다. 결국 민달팽이는 시인에게 '느림의 미학'을 실천하며 달빛과 교감하는 동물의 세계를 압축하여 보여 주는 투명한 존재인 것이다.

「별을 찾는 희미한 대게」에서 시인은 누에와 젓뱅어, 민달팽이에 이어 도시인들에게 팔려 가는 존재로서의 '대게'를 응시한다. 그리하여 '대게'에 대한 연상을 통해 자신의 '희미한 존재감'을 피력한다.

혜화동 포장마차 수족관에 붉은 영덕 대게들이 있다./ 밖으로 나가려는 게들은 여기 바다가 없다는 걸 모른다./ 포장마차의 조명 아래서 길은 잃은지 오래인데도/ 게들은 탈출을 포기하지 않는다./ 게들에게 바다는 바깥이었을까./ 모를 일이다. 전쟁터처럼 황폐한 술상을 살피는/ 게눈들은 어디를 향하는 것일까./ 모래뻘에서 올려다보던 별자리를 찾는 걸까./ 바깥은 보이는 모든 것일지도 모른다./ 대게는 두리번거리며 집게발을 들고 있다./ 아직 위장 중이다. 숨죽여 기다리는 중이다./ 갈 곳이 없다는 것은 아무 문제가 아니라는 듯/ 아직 살아서 살 곳을 찾는다. 그러나 끝내/ 대게는 경계를 넘지 못한다. 주문이 들어오자/ 주인은 주저 없이 대게들을 수족관에서 꺼낸다./ 발 딛지 못한 바깥을 향해 대게는 다리를 움직인다./ 알맞게 익은 대게가 커다란 접시에 담겨/ 플라스틱 상에 올려진다./ 혜화동 포장마차에는 대게 냄새가 식욕을 당기고 있다./ 살이 다 익은 대게의 냄새만이/ 밖으로 뻗어 나가 보지만 거리를 떠나지는 못하고/ 희미해진다. 희미한 대게의 단단한 껍질은/ 포장마차 뒤에 버려지고 있다.

—「별을 찾는 희미한 대게」

혜화동 포장마차 수족관에 자리한 "붉은 영덕 대게들"을 보며, 시인은 한사코 "밖으로 나가려는 게들"이 "바다가 없"는 바깥 세계를 알지 못한다고 판단한다. 그럼에도 불구하고 바깥 세계로의 "탈출을 포기하지 않"던 대게들은 "숨죽여 기다리"며 "살아서 살 곳을 찾"아보지만 끝끝내 "경계를 넘지 못한" 것으로 그려진다. 결국 손님의 주문이 들어오면 대게들은 수족관에서 꺼내져 조리가 되어 "알맞게 익"어 큰 접시에 올려진다. 결과적으로 "살이 다 익은 대게의 냄새만이/ 밖으로 뻗어 나가 보지만 거리를 떠나지는 못"한 채 희미하게 세상 속으로 퍼져 갈 뿐이다. 그리하여 "희미한 대게의 단단한 껍질은/ 포장마차 뒤에 버려"진다. 바다에서 건져진 '대게의 일생'은 희미한 흔적만을 껍데기로 남긴 채 쓸쓸히 버려지며 마무리되는 것이다. 이 시에는 시인의 일생 역시 대게의 껍질 같을지도 모른다는 자괴감이 깔려 있다.

대게에 이어 날치에 대한 연상을 이어 가는 「첨도 날치의 농담」에서 시인은 날치 알이 뿌려진 초밥을 먹으며 날치가 "배 속을 비행하는 느낌" 속에서 배 속이 "적도의 대양처럼 코발트빛"으로 변모되는 듯한 착시 현상을 체감한다. 그것은 "볼록한 배를 매일 채우"는 일상 속에서 시인이 자유로운 "날치의 비행"을 부러워하고 있기 때문에 일어나는 현상이다. 초밥 가게를 나와서도 코발트빛의 세계를 보며 "간판이 불을 밝히는 밤의 도시"를 시인은 "깊은 심해보다 깊"게 바라본다. 상상 속에서 "날치처럼 지느러미를 펼쳐 보"던 시인은 "수면을 꿈꾸며 날자, 날아 보자꾸나."라며 이상의 소설 「날개」의 마지막 부분을 패러디하며 "툭툭 농담을 던져" 본다. 바다의 유영이 그리운 도시인의 결핍이 날치의 자유로운 비행에 대한 부러움으로 드러나는 것이다.

날치 알에서 날치를 연상하듯, 실뱀장어를 보면 실뱀장어가 되고 무당벌레를 보면 무당벌레가 되는 시인은 천변만화하는 변신의 욕망을 내포한 현대인이다. 「해창만 실뱀장어」에서 시인은 "강이 바다와 합류하는 곳에서/ 그물을 드리우고 실뱀장어를 잡"지만, 귓갓길에 실뱀장어를 길바닥에 쏟으면서 자신 역시 육지라는 "섬에 사는 실뱀장어"에 불과한 존재임을 자인한다. 「네점가슴무당벌레」에서는 손바닥에서 떠난 무당벌레에게서 "사는 게 어지러워 자꾸만 이리저리 비틀거리"는 자신의 모습을 확인하면서, "이륙하지 못하고 힘겨워 주저앉는 때가 많"았던 자신의 과거를 떠올린다.

이렇듯 누에, 젓뱅어, 민달팽이, 대게, 날치, 뱀장어, 무당벌레 등의 생명체 들은 시인의 현재적 결핍이나 대체적 욕망을 표상하는 존재들이다. 시인은 그 존재태들의 다기 다양한 현재를 응시하면서 자신의 인생을 성찰하는 거울로 활용하고 있는 것이다. 그리하여 고향을 떠나 도시적 일상으로 편입된 채 원초적 상실감 속에서 하루하루를 버텨 내는 현대인의 초라한 내면을 토로하게 된다. 이때 시인에게 모든 생명체들은 '잉여적 결핍'의 타자로 인식되어 자아와 세계의 관계를 질문하는 매개체가 되는 것이다.

일상의 투명한 순간들

시인은 존재의 의미가 투명하게 드러나는 일상의 순간들을 만난다. 「별처럼 투명해진다」에서 시인은 벚꽃 화려한 봄날 투명한 햇빛 아래에서 잠시 "투명해지는 시간"을 체감하며 봄을 따라나선다. 그때 갑자기 "꽃잎 갉아 먹는/ 소나기가 내리"자 사람들이 서둘러 귀가하고, 시인은 "비의 시간 속에서/ 봄을 데려가는 것"의 '투명성'을 확인한다. 벚꽃잎을 비추는 햇살의 투명함이 상춘객을 투명해지도록 만들지만, 소나기의 시샘으로 꽃잎이 지면서 '벚꽃의 봄날'이 소멸될 수밖에 없는 진풍경이 드러나는 것이다. 시인은 봄날의 투명한 빛깔을 햇살과 벚꽃잎과 소나기의 결합으로 투명하게 완성하고 있는 것이다.

「별들의 공전과 회전」에서 시인은 '회전초밥집'의 풍경을 "접시로 이루어진 순환선 기차"가 정착역 없이 "2분 37초"의 배차 간격으로 회전하는 모습으로 묘사한다. 그리하여 회전초밥의 순환 속에서 "궤도의 중심은 접시처럼 비어 있"지만, "접시에 놓인 것이 이름"이 되면서 초밥은 마치 '라캉의 기표'처럼 사람이라는 기의 위를 미끄러지는 '텅 빈 이름'이 된다. 시인은 초밥이라는 기표를 보면서 "허기가 레일을 따라 회전하는 시간"에 사람들이 마치 '행성들'인 것처럼 "회전을 따라잡느라 앉아 있"는 풍광을 기록한다. 시인은 회전초밥집에서 태양계 궤도를 따라 도는 행성들에 도시인들을 비유하면서 도시 유목민들의 채울 수 없는 삶의 허기를 읽어 내고 있는 것이다.

도시는 삶의 허기를 강제하지만, 시인의 정서는 자연스러운 하루와의 따뜻한 포옹을 갈구하는 온정주의적 전통에 닿아 있다. 시인은 쓸쓸한 일과가 끝날 무렵이면 다가오는 저녁의 따뜻한 포옹을 기대하고 있는 것이다.

누가 알까./ 저녁은 별들이 안아 준다./ 그렇게 저녁은/ 아무도 모르게 안아 주는 것들의 온기로 따듯하다.// 무르익은 입술을 가진 여인을 안아 주는 나무들/ 싸늘해진 노을을 안아 주는 단풍들/ 가지와 가지를 안고 핀 꽃들/ 꽃이 피는 동안 바람을 안아 주는 새들/ 흐느끼면서 살랑거리는 바람들/ 흘러가는 법만 익힌 냇물을 안아 주는 조약돌들/ 거슬러 가야 올라가야 하는 연어를 안아 주는 물들/ 산다는 것은 포옹이다.// 퇴근하고 지친 나와 따뜻한 너의 포옹.

—「저녁의 포옹」

「저녁의 포옹」에서 시인에게 "저녁은 별들이 안아 주"는 따뜻한 공간이다. "아무도 모르게 안아 주는 것들의 온기"로 인해 저녁은 그렇게 따뜻하게 무르익어 간다. 그때 '나무들은 여인을, 단풍들은 노을을, 꽃들은 가지를, 새들은 바람을, 조약돌들은 냇물을, 물들은 연어를' 가까이 곁에서 안아 주면서 서로의 존재감을 확인한다. 그렇게 서로를 품안에 들이면서 넉넉히 안고 체감함으로써 "산다는 것은 포옹"임을 따뜻하게 알려 주는 것이다. 시인 역시 '너'가 "퇴근하고 지친 나"를 따뜻하게 안아 주기를 고대한다. 곁에 있는 존재들이 서로를 향해 따뜻한 온정을 나누는 포옹만이 이 사회를 든든하게 버텨 줄 버팀목으로 작동할 수 있기 때문이다.

「우주의 빛이 숨은 광교산 자락에서」에서 시인은 자신을 빼고 "모든 것이 자라는 것 같"은 자괴감을 느끼며, "자라지 않아도 길러 낼 수 있는 힘"을 가진 흙의 효능에 경의를 표한다. 시인에게는 땅이 모든 생명체의 생장 소멸을 주관하는 조물주 같은 창조적 권능의 현현을 실질적으로 보여 주는 것이기 때문이다. 그런 흙에서의 노동은 시인에게 마치 자신을 "여기서 캐낸 것 같"은 착각을 부여하고, 밭에서 노동하는 '시인의 시간'은 "밭을 닮아 가"면서 시인의 주말을 완성한다. 도시적 감수성에 길들여져 생활하던 시인은 주말농장에서 밭을 매면서 흙의 생장력과 노동의 신성성을 일시적으로나마 체화하고 있는 것이다. 결국 주말농장 체험은 시인에게 고향에 두고 온 원초적 감각을 회복해 주는 기능을 담당한다. 뿐만 아니라 「흙을 살리는 동물」에서는 '미끼 상품'이라는 말을 듣고 지렁이를 연상하면서 지렁이가 "오물들, 음

식 찌꺼기 속에서" "다른 생명을 키우는 땅을 살리"기 위해
기어가는 존재임을 사유한다. 이러한 인식은 대자연을 함께
호흡하던 고향의 원체험이 있었기에 가능한 사유 방식이다.

「중년의 밥상」에서 시인은 어시장에 들러 생태를 사고, 집
근처에서 과자 굽는 아저씨를 만난 뒤 저녁 밥상머리에 앉
아 생태국을 끓여 먹는다. 그때 "까치밥 몇 개를 남겨 놓듯
떠났던 고향"을 떠올리며 까치밥 몇 개를 도심의 "하늘 가장
자리에 매달아 놓"는다. 이렇듯 시인은 도시의 일상 속에서
도 수시로 고향의 원체험을 떠올리며 현대적 삶을 버텨 내
는 동력을 마련하게 된다.

시인은 피로한 도시의 일상에서 존재의 허기를 채우기 위
해 노력한다. 그때 시인의 결핍을 채워 주는 것은 일상과 풍
경에 대한 관찰력으로 길어 낸 온기이다. 삭막한 도시에서
냉기가 흐르는 일상을 넉넉하게 버텨 낼 힘은 고향에서 길
러진 자연 친화적인 감수성에 있다. 그 고향에서의 원형질
적 내공이 일상 세계에서 만난 풍경을 의미화하면서 시인에
게 생의 추동력으로 작동하는 것이다.

시간에 대한 고고학적 인식

시인은 오래된 시간을 들여다보려는 고고학적 시선을 지니고 있다. 「빛을 품은 돌들의 시대」에서 시인은 '시원의 공간'이었을 야생의 시대를 사유한다. 그리하여 시인은 바람과 번개가 치면서 "바위가 제 몸을 허무"는 풍경과 "돌들의 원시"에 대한 상상 속에 "돌들의 비밀을 감춘 시대"를 추억한다. 「광개토의 하늘」에서도 고향인 '능정'의 밤에 찾아 헤맸던 "광개토대왕 별"에 대한 이야기를 통해 광활한 대륙을 호령했던 시절의 "말발굽 소리가 들려오는 듯"한 오늘을 말한다. 시인의 오늘은 선사 시대와 역사 시대에 연결되어 광개토 시대의 하늘을 닮은 원대하고 광활한 오래된 시간성을 내포하는 것이다.

「고고학적 메모」에서 시인은 익룡과 공룡의 발자국들을 보며 "트라이아스기, 쥐라기, 백악기"라고 불리는 시대를 "발자국의 시대"로 호명한다. 그리고 조수와 파도와 바람에 씻기고 깎였을 "발자국의 웅덩이 사진을/ 스마트폰으로 보며" 시인은 무심한 듯 저녁을 먹는다. 고고학자처럼 발자국의 시간을 더듬던 시인은 도심에서 "밤하늘을 향해 절벽처럼 서 있는 빌딩들의 불 켜진 창문들을 올려다"보면서 생각에 잠긴다. 그리하여 "시대를 부를 이름"이 "아직 발생하지 않았다"면서 메모를 남긴다. 그러고는 "이 메모만이 발자국을 남기고 시간이 흘러 웅덩이"로 변주될 것이라고 추정한다. 시인의 고고학적 메모로서의 기록이 새로운 '시대적 명명'을 창조하고 싶은 명명에의 욕망을 보여 주는 것이다.

「파동이 잠든 타임캡슐」에서 시인은 시간의 흔적에 대해 질문하며 그 유구한 특성을 들여다본다. 추상화된 시간을 사유하면서 천년 이상 누적된 시간의 의미를 추적하는 것이다.

시간이 파이는 쪽으로 장대비가 내렸다. 비는 웅덩이를 파고 웅덩이를 보면 무언가를 묻고 싶은 사람들은 자신들의 발자국을 남기고 묻는다. 오래 지나친 흔적일수록 궁금한 것이니 시간아 더 파여라. 또렷한 것을 꺼내고 싶은 욕망은 투명한 용기를 좋아하는데 무엇을 담을까 고민하는 쪽으로 기우는 시간은 모래시계 속에서 시간을 또렷이 담는다. 신기하고 신기한 웅덩이. 그러면 이제 무엇을 덮을까. 날이 무디어진 구석기 시대의 돌도끼를 꺼내 본 아이에게 물으면 대답해 줄까. 발굴할 수 있는 것을 미리 준비하는 아이야. 너는 또 무언가를 꺼내기 전에 아이를 낳겠구나. 아직 비가 내리고 누가 묻힌 땅인지 모르는 쪽에도 웅덩이가 있고 비가 고인다.// 이런,

박물관에는 비가 들이치지 않는구나. 유물들의 세계는 고요하다. 여기서 시간은 흔적으로만 남아 있다. 누가 닦아서 깨끗해진 시간은 투명하게 전시물들 곁에 놓여 있다. 아무것도 낳지 않는 것은 아무것도 아닐 텐데. 아무것에도 파이지 않는 시간은 점점 말라서 사라질 텐데. 나는 조금 무섭기도 해서 연도를 소리 내어 읽어 본다.// 연대란 시대가 아니다. 연대를 겨우 추정한 돌도끼를 전시한 박물관 옆. 연못에 연꽃이 피어 있고 헤엄치는 오리들이 물살을 인다. 박물관 밖에도 다른 시간들이 나란히 있다. 천년 전 한시를 읊던 사람들처럼 황새가 어질고 순하게 서서 나를 돌아본다. 그러고 보니 내가 잊고 지낸 게 있다.

—「파동이 잠든 타임캡슐」

시인은 "시간이 파이는 쪽으로 장대비가 내리"는 모습을 본다. 장대비로 생긴 웅덩이를 보며 시인은 자신의 발자국을 남기고 싶어하는 '인간의 흔적에의 욕망'을 확인한다. 그리고 그 뚜렷한 웅덩이 속에서 시인은 "구석기 시대의 돌도끼를 꺼내 본 아이"를 상상한다. 오래전 땅과 비와 웅덩이가 인간의 욕망을 어떻게 담아냈는지가 궁금하기 때문이다. 이렇게 시인이 오래된 시간을 사유하는 현실 공간은 '박물관'

이다. 박물관에서 시인은 "유물들의 세계"가 "고요하다"는 사실을 확인한다. 고요한 박물관에서는 시간이 "흔적으로만 남아 있"어, "전시물들 곁에"서 투명하게 "깨끗해진 시간"으로 인식될 뿐이다. 그리하여 "낳지 않"고 "파이지 않"은 채 "말라서 사라질" 시간을 '연도'로 환원하여 읽으며, 시간에 대한 무서움과 두려움을 쫓아내려고 시도한다. 하지만 시인에게 "연대란 시대가 아니"어서 숫자에 불과한 의미만을 지닐 뿐이다.

시인은 박물관 안에서 읽어 낸 돌도끼의 오래된 연대와 박물관 밖 연못 오리들의 현재적 시간을 대조적으로 바라보면서, 박물관 안팎으로 "다른 시간들이 나란히" 존재하는 모습을 응시한다. 그리하여 오래된 과거와 비 내리는 현재라는 두 시간대의 이질적 병존이 '두터운 현재성'을 구성하는 본질임을 깨닫는다. 이때 시인은 천년 전의 존재들 같은 황새를 보며 자신이 망각해 온 존재의 상실감을 막연하게 떠올려 본다. 그것이 봉인된 타임캡슐을 개봉할 수 있는 열쇠이기 때문이다.

최근 들어 시인은 별에 대한 관심이 높다. 전기뱀장어의 전기와 파동을 보면서 "별의 파동"과 "시간의 흐름"(「별의 파동 전기뱀장어 옆구리에서 멈춘다」)을 연결 지을 정도이다. "강력한 자기장을 품은 엷은 고리"(「목성의 그녀들」)를 지닌 '목성'을 통해서는 태양계 행성들의 자전과 공전이 지닌 의미망을 상상하기도 한다. 시인의 우주에 대한 관심은 "바다의 기록지를 읽고 싶"(「고흥나로우주센터」)도록 유도한 '고흥나로우주센터'에서 발원한다. 그리고 천문대에서 "지구의 미래"(「송암 천문대에서」)를 상상하는 것으로 이어진다. 이러한 상상은 "혜성에도 O_2가 있다"면서 "태양계 구름 속 원시 O_2"를 통해 "두려움과 경이"(「혜성의 O_2」)의 수십억 년을 연상하는 것으로도 이어진다. 뿐만 아니라 시인은 "날아다니는 영혼과 비어 있는 몸"(「흰빛이 굴절될 때 유체 이탈 시작된다」)의 충돌을 예감하면서 빛의 파동을 상상하면서, "명왕성 대변인"이 되어 태양계에서 퇴출된 '134340번 소행성'에게 명왕성의 지위를 되돌려 주고자 노력한다.(「태양계의 궤도」)

경계를 넘는 사유

지영환 시인은 현실 세계의 다양한 경계와 구획 들을 넘어서는 사유를 진행하고자 한다. 그 주요 키워드는 고향, 생물, 일상, 시간 등이다. 그리하여 '고향'을 통해서는 과거의 기억과 현재적 회상 사이의 경계를 넘나들며, 생명체들의 세계를 전유하면서는 '생물'과 시인 자신과의 경계를 지우려고 노력한다. '일상'에서는 현실 세계의 순간적 표정들과 재해석된 의미 사이의 경계를 넘어서고자 하며, 과거의 시간들과 현재적 의미의 차이를 대조하면서는 그 경계를 무화함으로써 '두터운 현재'로서의 '오래된 시간성'을 의미화하고자 한다. 이렇게 보면 시인은 '고향, 생물, 일상, 시간'이라는 이름으로 태양계 행성의 궤도를 도는 경계인이자 이방인으로 존재하는 '지구의 유목민'이다.

시인은 「까마귀의 노래 별에게 들린다」에서 까마귀를 '흉조'라며 불길함의 표상으로 돌팔매질하는 세태에 대해 비판한다. 그리하여 까마귀가 "봄밤을 펼쳐 놓으며 털을 세우고 발톱을 세우고 어둠을 움켜쥔" 존재이며, "이승과 저승의 경계를 날아다니"며 노래하는 '오래된 존재'임을 피력한다. 그리고 "경계를 넘는 노래는 불길"할지도 모르지만, 실상 많은 사람들이 "꿈을 꾸며 밤의 경계를 넘는" 것이 통상적인 현실임을 강조한다. 결과적으로 사람들이 자신들이 구획해 온 이분법적 경계를 넘나들기 위해 까마귀를 흉조로 몰아세우는 것일지도 모르는 것이다. 시인은 흉조로서의 까마귀라는 편협된 인식의 경계를 넘어 '오래된 존재감'을 사유하려는 존재자인 것이다.

　명왕성이 태양계 행성 지위를 박탈당한 21세기에도 여전히 시인은 태양계 궤도를 돌고 있다. 회전초밥집의 텅 빈 접시 같은 익명의 공간에 어떤 이름의 초밥이 담길지를 고대하면서 말이다. 그 텅 빈 접시는 때로는 고향의 부모님과 조부모님 등의 가계 이야기로 채워지며, 때로는 바다의 생물이나 대지의 생명체를 전유하면서 일상의 풍경이 놓이기도 하고, 오래된 시간의 흔적을 추억할 수 있는 누적된 시간감이 놓이기도 한다. 그런 점에서 시인은 고향과 생물과 일상과 시간 들의 궤도를 오래도록 돌고 있는 태양계 행성에 해당한다. 그리고 그 행성은 목성이나 혜성, 명왕성 등으로 변주되면서 소우주의 일부가 되어 우리 시대의 상징계와 상상계를 관통하며 실재계적 진실을 들춰내어 태양계의 비밀을 공개하는 소중한 보물이 된다.

평정(平靜) 지영환(池榮鎔)

지은이는 중앙대학교 심리서비스대학원 겸임교수, 제주 대학교 법학전문대학원 법학과 겸임교수로 재직 중이며, 중 앙대학교 행정대학원 행정학과 석사과정 시간 강사를 3년 째 하고 있다. 입법·사법·행정부 교육기관, 지방자치단체, 국 가공무원인재개발원 고위과정 등에 "국가의 정신 철학 윤리 및 정의의 재정립, 이 시대를 살아가는 올바른 삶"이라는 주 제로 철학 강연을 하며 공직에 있다.

고흥군(高興郡) 팔영산국립공원 자락에서 태어나 경희 대학교 법과대학 졸업, 고려대학교 대학원 수석 졸업 행정 학석사, 미국 조지워싱턴대학교 대학원 연수, 경희대학교 일 반대학원 박사학위과정을 수료했다. 논문 「公務員犯罪 統制 를 위한 刑事立法論的 研究 ─ 高位公務員 腐敗犯罪를 중심으 로」로 2007년 법학박사 학위를 받았다. 또한 성균관대학교 일반대학원 박사학위 과정을 수료했으며 논문 「大統領의 對 議會關係에 관한 연구 ─ 현대 미국과 한국 대통령의 정치적 Leadership의 상황변수를 중심으로」로 2009년 정치학 박사 학위를 받았다. 고려대학교 정책대학원 연구과정 1년 수료, 서울대학교 환경대학원 도시·환경 미래전략과정 1년 수료, 서울대학교 행정대학원 국가정책과정(ACAD)을 수료 했다.

해군신병훈련소·해군종합학교를 수석으로 수료하고, 병 역의 의무를 마친 후 경찰대학 교육담당, 경기경찰청 감찰 관, 경찰청 대변인실 소통담당을 맡았다. 대통령 소속 친일 반민족행위자재산조사위 조사관 3년 동안 1700억 조사개시 결정, 631억 원에 달하는 친일 재산을 국가에 귀속했다.

2017년 평창동계올림픽 성공적 개최를 기원하는 한중일 최고정상급 시인대회 한국시인협회 회원으로 참여, 韓·中국 제영화제 윤리위원장, 고흥군 지방분권협의회 위원, 2003년 서울신문 자문위원, 2014년 한국행정학회 학술정보위원회 이사, 한국정치학회·한국공법학회 연구위원, 한국경찰학회 이사, 한국범죄피해자중앙지원센터 자문위원, 한국범죄심 리학회 이사, 경희대학교 법학연구소 연구원·등재지 심사위 원, 국가중요무형문화재 제76호 택견 5동, 태권도·아이기도 공인 각 7단, 유도·합기도·검도 고단, 국가·공인·민간자격증 130여 종, 특허·상표출원을 다수 등록했다.

2000년 한국일보 고운문화상, 2004년 고려대학교 총장상·국무총리상, 2003년 美육군 범죄수사사령관상, 2005년 서울시장상, 2007년 금융감독위원회위원장상, 2009년 친일반민족행위자재산조사위원회위원장상, 행정자치부장관상 등을 수상했다.

2004년《시와시학》신춘문예 당선으로 등단했고, 시집으로 2006년 『날마다 한강을 건너는 이유』(민음사), 2018년 『별처럼 사랑을 배치하고 싶다』(민음사), 소설로 2010년 『조광조 별』(형설), 저서로 『공무원 범죄학』(형설), 2012년 『경찰직무스트레스 이해와 치료』(학지사), 2013년 『학교폭력학』, 『대통령 대 의회』(경인문화사), 2015년 『생존 매뉴얼 365』(모아북스), 2016년 『감찰론』(경인문화사), 『김영란法 사랑』(형설아카데미), 2018년 『대통령학』(경인문화사) 등이 있으며, 학술등재지 논문으로 「SNS 명예훼손의 형사책임」 등 40여 편을 발표했으며 조선일보·중앙일보 등에 칼럼·기고·인터뷰 500여 편을 게재했다.

추천의 말

"사랑을 별처럼 배치하고 싶다"는 지영환 시인은 시라는 하늘에 언어를 별처럼 배치하는 법을 누구보다 잘 알고 있는 듯합니다. 꽃과 바람과 구름과 물, 고인돌과 민달팽이와 물고기 등등 온갖 자연과 사물들이 시인의 깊은 통찰력과 예리한 표현법을 통해 맛있고 멋있게 재탄생합니다. "구름이 보이는 창가의 침실에 누워 있는" 누에 한 마리로 자신을 비유하듯이 그의 시들은 긴 기다림 끝에 아름다운 명주실을 뽑아내는 누에고치를 닮았고 "매번 날개를 펼치면서 중심을 잃지 않는" 바람을 닮아 늘 새롭고 창조적인 매력으로 다가옵니다. ——이해인(李海仁)·수녀·시인

강에서 투망을 던지는 사람을 보았는가? 그 빛나는 기술을 보았는가? 투망은 물고기를 잡으려 물에 그물을 치는 것, 혹은 아래쪽에 추가 달려 있어 물에 던지면 좌악 퍼지는 그물 그 자체. 이 투망을 위해서는 무엇이 필요하던가? 그것은 빛, 무엇보다 빛. 햇살과 햇살에 빛나는 물, 빛나는 투망 그

물, 파닥이며 올라오는 물고기 비늘의 빛. 이 빛의 기예, 빛의 예술을 꿈꾸는 시인, 바다와 고향과 하늘에 투망을 좌악 펼쳐 금빛으로 빛나는, 파닥이는 언어를 건져 올리는 시인, 투망은 시인 지영환의 언어이고 세계이다. 투망이 그의 몸과 마음 전체라는 것은 놀라운 일이다. 한 시인이 그토록 고향을 깊이 사랑한다는 것도 아름다운 일이다. 그 고향의 이름은 고흥이기도 하고 아버지이기도 하다. ──방민호(方珉昊)·서울대 문과대학 국어국문학과 교수·문학평론가

　지영환의 시들을 읽으며, 영하의 높은 산 정상에서 우주로 열린 망원경에 의지해 살아가는 천문학자가 떠올랐다. 그의 시에는 태양계에 대한 관심이 깊게 나타나 있는데, 특히 '고흥'은 시인의 출생지로서 그는 천문대에서 바다의 기록지를 읽고 싶다고 한다. 시인이 관찰하는 태양계는 우리가 세속 도시에서 살면서 망각해 버린 이러한 고향의 흔적일 것이다. 달빛 내리는 밤이면, 뿔이 커져서 빛을 가득 머금고 달빛 위로 기어가는 민달팽이. 나는 고향을 그리며 하늘의 별을 향해 천천히 움직이는 이 민달팽이의 모습이 지영환 시인의 초상이라고 생각한다. 이 시집은 태양계와 고향을 날줄과 씨줄로 삼아 한 편의 드라마와 같은 따뜻한 인간미 넘

치는 이야기와 시적 이미지를 우리의 마음에 맑게 아로새
긴다. ——박형준(朴瑩浚)·시인·동국대 문과대학 교수

大航海時代以「、船「りたちは、ボトルに手紙を封じて海に流すとい
う。それは、船が沈む 直前の、決死の投「通信でもある。池榮「先生
の詩集は、都市と情報の荒波を泳ぎ、言葉と時間のあてどない海洋を
渡って、いつか、あなたのたたずむ砂浜に漂着するだろう—— ぼくのこ
ころに「いたように。

대항해 시대 이후 선원들은 병에 편지를 동봉해 바다로
흘려보낸다고 한다. 그것은 배가 침몰 직전의 결사의 투병
(投瓶) 통신이기도 하다. 지영환 선생님의 시집은 도시와 정
보의 파도를 헤엄쳐 말과 시간이 정처 없이 바다를 건너 언
젠가 당신이 잠시 멈춰선 해변에 표착하는 것이다 —— 나의
마음에 닿은 것처럼. ——石田瑞穗·일본 시인

소록도의 이야기에 취해 이 섬을 좀처럼 뜨지 못하는 지
영환 시인을 나는 보았습니다. 그의 눈은 먼 하늘을 향하
며 태초 우리의 잃어버린 정신의 근원을 찾은 듯 보입니다.
——김연준(프란치스코)·고흥 소록도 성당 주임신부·사단법인 마리안마
가렛 대표

지영환 시인의 시 세계, 여기 황금의 비가 내리고 있다. 그
는 말한다. "비는 빗금이다. 빗금은 비를 맞으며 비를 쓴다.
나는 아무에게도 묻지 않고 그것을 면류관이라고 불러 본
다."(「황금의 비」) 어느새 우리는 '비'를 '시'라고 발음하고 있
다. 시인은 면류관을 쓴 존재, 문득 멀리서 가까이서 철학적
명제가 들려온다. "말할 수 없는 것에 대해서는 침묵해야 한
다." 그러면서도 "말할 수 없는 것에 대해 말해야 하는 것이
문학이다."라는 시적 명제에 몸이 기운다. 시인은 움직이는
존재, 우주의 궤도 너머 아득한 남도 너머 현기증의 강남 한
복판을 가로지른다. 그런가 하면 문자향 피어오르는 책장
너머, 색의 향연이 가득한 화폭 너머를 넘나든다. 그러니 시
인은 꿈꾸는 존재, 우리는 잘 알고 있다. "세상이 쉬지" 않을
거라는 사실을, 왜냐하면 "그게 약속이"기 때문이다. 그럼에
도 시인은 "가려질 수 있는 것이 여기에 있었으면 좋겠다."라
며 손을 모으는 존재. "적어도 그게 놀이의 구원이길" 바라
며 믿기 때문이다. 어쩌면 시는 "지켜지지 않을 약속"인지도
모른다. 그 "이루어지지 않은 약속을 기다려 보기로"(「어른의
결과」) 마음을 가다듬는 존재, 우리는 끝내 시인의 이름을
부르게 된다. ──이은규(李恩奎) · 시인 · 문학박사

별처럼 사랑을
배치하고 싶다

1판 1쇄 찍음   2018년 1월 5일
1판 1쇄 펴냄   2018년 1월 12일

지은이   지영환
발행인   박근섭·박상준
펴낸곳   (주)민음사

출판등록   1966. 5. 19. 제16-490호
주소   서울특별시 강남구 도산대로1길 62(신사동)
             강남출판문화센터 5층 (우편번호 06027)
대표전화   515-2000 | 팩시밀리 515-2007
홈페이지   www.minumsa.com

ⓒ 지영환, 2018. Printed in Seoul, Korea
ISBN 978-89-374-3668-0 03810